那些事情

All That Jazz

钟宝 著

上海三联书店

这本书送给自己

送给对自己不离不弃的自己

目 *Contents* 录

自己的序

2008年6月的一天，看完杰克·尼克尔森和摩根·弗里曼的《遗愿清单》，我也列了一张自己的遗愿清单。清单的第一条，是出一本书。

2009年开始，我在不同的城市游荡。

游荡自然是一个奢侈而又矫情的词，但是游荡成了不得不，其实和日常并无二致。毫无目的地从一个陌生地辗转到另一个陌生地，早上睁开眼睛开始想今天能够做些什么。往往是一天在大街小巷走到精疲力尽，另一天蜷在露天广场上，和乞丐或者卖艺者一起坐视人来人往。饿了觅食累了歇脚；日出而行日落而归，日子漫长得让人发慌，竟然还被我过得这样豕突狼奔。

伊时我的人生走入困境。就像霍格沃兹的$9\frac{3}{4}$站台，别人唰地一下都上了车，我如常兴高采烈地推着行李冲过去，却结结实实地摔了下来，鼻青脸肿。

童话里都是骗人的，根本没有$9\frac{3}{4}$站台。

这样无脑的日子过了很久，我发现自己已经很久没怎么说过话了。我的主要交流对象是机场工作人员，超市售货员，或者旅店前台。我用一些最基本的词汇维系着日常。月复一月，我依然在不同的城市晃荡，看看人群中的热闹，随机地遇见一些人或事，随时地自己和自己做些揣测，发些感慨。忽然一天，我发现自己的热闹竟然远远超过周围的喧嚣。那些好奇的，八卦的，怒气冲冲的，嬉皮笑脸的自己们在脑袋里热烈地开着小会，争先恐后地跳出来对我颐指气使。我忙不迭地打开电脑，连连答应着他们。好，我这就写下来。

我很庆幸，我这样地荒掷着日子，日子却没有荒掷了我。

说到要把博客文章集结成书，我很是惶恐。翻回最早的一些文章，我都羞愧起来，斟词酌句地，拼命想涂脂抹粉一下。却是徒然。

编辑蔚蔚说，但那就是你啊！那不就是曾经的你自己嘛！

是哦！

而这样私人的一些叙事和记忆，对他人又有什么意义呢？

自然是没有的。

好在这个时代，我们可以各种方式，媒介来或记录，或留存私人记忆。有了这些碎片的，无意识的，无目的的随手存储，这些个体的存在，才不至于被历史的洪荒洗刷得一干二净。

ECONOMY CLASS BOARDING PASS
經濟客位登機證
NAME 姓名
FROM 由
HONG KONG
TO 往
SHANGHAI
FLIGHT 班次
DATE 日期
SERIAL NO. 序號
KA870 Y 28JAN0218
GATE 閘口
BOARDING TIME 登機時間
SEAT 座號
33 1940 25E NO
DRAGONAIR

2014年的一天

一缕晨光从厚厚的窗帘缝中透进来

我从指缝中迎着光，对自己说

记住

今天，已经是5年后的今天了

边 界 人

安特瓦信，（Antevasin）。我从Elizabeth Gilbert在印度的篇章里看到这个古梵语：意思是住在边境的人。既非世俗生活中的居民。也非超凡脱俗的森林中的隐修者。边界人在两个世界的中间，来回罔顾。

我是一个在世俗生活中才感到安全的人。比如说，我通常看书、写东西最有效率地是在户外，亦或闹市中的某个角落。身边人声鼎沸，我在周身直径不超过一米的范围布上隐形的隔离膜，迅速入定，如入无人之境。在苏格兰的时候，我们中午在餐厅等着上菜，我蜷在沙发里写上午发生的故事。Ski难以置信地说，你这样也可以？

我又是一个在世俗生活中很容易惶恐的人。比如说，我从读书开始就有周期性的逃离症。大学二年级的一天早上出早操，满操场的人操练第N套广播体操，我忽然拔腿就想跑，不顾一切地，想跑。然后当晚就跑到火车站，在买票窗口开始决定去哪里，然后根据口袋的铜板有多少买了张站票。在绍兴下车的时候是凌晨两三点，没有任何地方可以去。一个人沿着河道走，在河边台阶坐到天亮。天萌萌亮的时候，满大街的早点铺子开了出来，煤炉的烟火缭绕起来。空气中满是尘世的气息，我就一下子亢奋起来，踌躇满志的。我没有认真想过让我一下子想跑的原因是什么，同样也不明白这一下子毫无由来的快乐。

工作三四年后，在昆明结束了一个惨烈的项目。我忍到人终曲散，拔脚就去了丽江。然后迅速向K同学宣称我在那里做服务员，不准备回去了。K同学一如既往以无比冷静的语调说，“好呀，反正下周A公司的活你别忘了就行。”完全象没有听懂我的话。

我在四方街上蹿下跳，在雪山脚下从牦牛背上栽进湖里，用尽身上最后一毛钱买了两大箱没用的物什。在一个叫哒哒娃的酒吧晚上和店主烧炭聊天，问一些极其幼稚的问题，抒发一些及其幼稚的牢骚。然后坐在河边一边吃着草莓，一边用MSN聊天。一周后，照哒哒娃老板以及K同学的预言。我没出息地上了回上海的飞机。我开始想，也许我的某种主义总是姿态多了一点。你看，我对世俗生活是有多么的贪恋。

近一年来，我更是一直处于“离开”的状况中。在逃离上海与逃回上海中来回奔走，疲惫不堪。我的心理医生曾经试图通过童年解析来定向我的心理问题（虽然我一直对此表示质疑而没有再开始新的疗程）。她说是否与我童年就开始经常“长途跋涉”有关，从而缺乏归属感。我总在路上拼命往家跑，然后再拼命从家里出门往路上赶。

这真是一种让人很疲倦的魔症，边界人来回罔顾，总是认为两边都能上岸，却不知可能两边皆是深渊。

又想回家了。又想离开家了。

在Inverness，一个寂寞的小城，
寂寞的我听一个寂寞的老人说：
"I spoke to the empty chair."

I Spoke to the Empty Chair

Inverness是苏格兰北部的一个小城。苏格兰在英国的北端，Inverness又在苏格兰的北端，再往上2个小时的车程，就在整个大不列颠岛的最顶端了。

中午百无聊赖地在街上走。不是周末的缘故，路上寥寥的人。接连下了几天的雨，整个人从里到外都是潮湿的。沿河一端的酒吧坐着都是晒太阳的人，我要了一杯Guinness的黑啤，想着可以打发个把小时。

那个老头搀着女人坐到我旁边，我赶紧挪了挪空出位置给他们。女人50岁往上的样子，很容易就看出是有残疾的～可能是肢体或是智力上的。老头很费力的安顿女人，几乎是一点一点地将女人颇为健硕的身躯塞到桌子前面。然后老头再一点一点地调停自己。他一手撑着桌沿，一手费力地扳起小腿，颤巍巍地挪过来。我顿时心生不忍，搀扶他坐下来。

老头说他92岁了。“这是我的女儿，你看的出她不是很健康。”他指了指女人对我说：“我得照顾她，不过我还有另外一个女儿。”

老头问我你从哪里来啊？然后很轻易地就猜出我从中国来。然后问我是说Mandarin（普通话）还是Cantonese（广东话）。再然后就自言自语说他曾经认识一个很甜美的中国女孩子，在一个餐馆做服务生。“很可爱啊”，他说，“中国女孩子都长着Babyface（娃娃脸）；”然后老头就对着我唱了一首歌“Baby face”。

老头又问我说现在谁管着中国啊？然后自问自答地说是叫胡志明吧。我说不是，胡志明是以前管越南的。他就疑惑地说，“噢，那个……那个叫什么的？”然后呼之欲出的说，“Chairman Mao啊？”我快乐地点了点头，心里说，当然他现在也管不着了。老头随即又疑惑地问：“他们都死了吧？”我如释重负点了点头，“嗯，他们都死了。”老头摇了摇头说：“我认识的人都死了。”

老头说他的老板，当然是以前的老板活到了102岁。他一直要破他的记录，活到比他更长。于是，他强调了一下，他的老板102岁死了，“你看，我认识的人都死了”，他重复了一遍。

老头说他以前年轻的时候参军，去南非，“噢，上帝，轮船到南非的时候，看见到处都是不穿衣服的女人呐！”他说。我笑了，“那对男人来说真是天堂呢”。老头愉快地大笑起来。那些好日子，那些属于士兵的好时光，那些他们的天使，军中的护士小姐。“噢，Boy！”他由衷的感叹，然后对我念了一首诗：“……if I were a king……”大意是如果我是一个国王，会用他所有的权力去宠爱和保护我的女人。

老头说他的妻子死了7年了。想了想，说那是2002年吧，“我还是不停地想念她。”他边说边摇头，“当你和一个人生活了大半辈子，面对这件事变的很难啊……I spoke to the empty chair！（我会对着空椅子说话）”那一刹我的眼泪夺眶而出，老人安慰地用他布满斑纹的手拍拍我，说“你看，我认识的人都死了。”

老人的女儿坐不住了，在旁边反反复复的告诫老人少和陌生人说话。老人颤巍巍地站起来，对我挤了挤眼睛说，你有男朋友么？我摇摇头。他说，那我希望我年轻50岁。我呵呵地笑。他说，你知道的，你这么年轻，多好。

在Inverness，一个寂寞的小城，寂寞的我听一个寂寞的老人说：“I spoke to the empty chair.”

我明白，因为我也对着空沙发说话。

哪里人不喜欢哪里人

最近“我爱上海”真是闹猛到不行。追根溯源了一下，噢！原来还是上海人不喜欢YP人（上海人对外地人的统称）。其实真的不稀奇啊，古今中外，这里人都不喜欢那里人。

法国人不喜欢英国人。那是，两家人一场架打了一百年，这个积怨源远流长啊！去法国的时候早早有人劝告说：到法国不要说英语啊！要被人看不起的。我小心脏还受伤了一下，花了十几年学的ABC居然还不遭人待见。不过我还是带着一句“Bonjour”上路了。在巴黎里昂火车站小心翼翼地问服务中心时刻表的时候，人家礼貌地回答我：“I don’t speak English”……呃，这句话用的是标准的英语！

欧洲人不喜欢德国人。尤其是那些二战被欺负过的人家。来自瑞典的医生Urs对我说，“感谢上帝我们这拨驴友里没有德国人，尤其是德国女人”。我说为什么啊？你不喜欢德国人么？瑞典人Urs撇撇嘴说：“她们到处‘Hunting’

男人，恐怖！”Shirer在《柏林日记》中对德国女人用词也很刻薄，说他“对德国女人的丑陋感到惊讶……是欧洲最缺乏吸引力的一个种族……她们走路姿势很难看，衣着一般不如英国妇女！”当然，Shirer写《柏林日记》的时候是希特勒标榜日尔曼为最优秀人种的时候，英国人当然要以牙还牙的。

德国人不喜欢荷兰人。其实大部分欧洲人也不喜欢荷兰人。当知道我们驴友中有5个荷兰人的时候，瑞典的Urs和比利时的Inge就互相暧昧地笑了。在大部分欧洲人眼里，荷兰人是一帮滑稽的小丑。他们太闹腾，他们有最有名的红灯区，可以公开吸大麻，同性婚姻合法化。荷兰人是百无禁忌的。在Macquarie读书时我们小组有两个男生：一个是荷兰人，一个是德国人。小组作业就是一出悲剧啊！每次的头脑风暴就是一个不断捣乱的荷兰人不停作弄一个铁青脸的德国人，旁边一个急成热锅蚂蚁的泰国人，再加上一个充当和事佬的中国人——我！

欧洲人也瞧不上意大利人。觉得他们缺乏修养，沉迷女色，男人的荷尔蒙太过旺盛。尤其是出了一个到处乱说话和不检点的总理，意大利人自己也觉得不是很体面。不过，在小布什当家的时候，美国人和意大利人倒是惺惺相惜的。他们曾真诚地对意大利人说，我们太理解你们的感受了！！不过意大利人自己也窝里斗。我的好朋友Ski是个标准意大利好男人，不过一次在去悉尼Manly的船上，罗马人Ski忽然满脸痛苦地捂住耳朵。我说怎么啦，他鄙夷地示意了一下旁边一帮女生："米兰人！听到他们说话我就想吐！！"

全世界人民都知道中国人不喜欢日本人。一日下雨，我拎着大包小包走在路上。一个还长着青春痘的小男生友好地上前帮我打伞。（我总在任何地方任何时间碰到好人。）然后在送我回家的路上男生和我聊天，说他住在离阿德莱德城外2公里的小镇，今天来看女朋友。女朋友是日本人。说到这他立马飞快地补充：我知道中国人不喜欢日本人！我哼哈地假笑了一下："还好，还好。"小男生又懂事地补充："日本人也打过我们！"好吧，我们顿时同仇敌忾了一下。

所以哪里人不喜欢哪里人真不是什么事儿！爱谁谁，喜欢，又不能怎么样；不喜欢，也不能怎么样。说到底，人都是有傲慢与偏见的。你看，地球人和Avatar人不也是互不待见嘛！

我　和　Gino

Hahndolf是在阿德莱德西南面的一个小镇。没错，是德国小镇。你可以迅速地从汗道夫联想到阿道夫。几百年的移民史下来，在澳洲形成了很多以民族和国家为单位的小社区：比如在悉尼的意大利区，中东区，土耳其人社区。当然有无处不在的唐人街。悉尼的Ashfiled被称为“小上海”，你可以在超市买粽子和咸蛋，然后问店家“师傅迭格几钿啊？”（上海话：这个多少钱）

我看到Gino的时候，他坐在No.5的门口弹吉他。抑或可以说我是看到Gino在门口弹吉他，我才走进No.5的。No.5是家巧克力咖啡店，其实我刚刚在镇上的德国餐厅消灭一份“巨大无比”的德国猪肘子，当下连吐的心都有了。

下午两三点的时候，店里没有什么人。门廊处只有Gino一个人，满脸的白胡子，戴一顶巴拿马帽子，旁若无人地拨弄着他的吉他。我一时搞不清楚他是卖艺的还是自娱自

很多时候，
我鼓励自己好好生活的原因之一，
就是期待所有的不期而遇。

乐，但是那个琴声倍感萧肃！我在他的旁桌坐下来，觉得很对——我指感觉：下午两三点的德国小镇，没有什么人，很清冷的样子。一个看上去很萧条的满脸胡子的男人弹着很萧条的吉他，然后很萧条的我坐在旁边，听着琴，有一搭没一搭的翻着手中的书。有时候我是一个很有仪式感的人。

很甜美的女侍者端来我的咖啡，撒着No.5可可粉logo，也很甜美的样子。女孩忽然高兴地叫起来：咦，你也在看这本书啊？我也在看，我妈妈也很喜欢这本书耶！没错，我跑题一下。我之前从两个互不相识的朋友处得到两个版本的同一本书《Eat，Pray，Love》（中文是《一辈子做女孩》）。但是我实在没有想到在澳洲也这么大卖。我发自肺腑地感谢MS和LD。亲爱的们，在某一阶段，这本书已经成为我的速效救心丸。

所以Gino好奇地开始和我说话了。很长时间以来，我有一番说辞来应对陌生人的常规问题：~哦，我从上海来。~度假么？~恩，度假吧。~多久？~呵呵，还不确定呢。~不确定？你不工作么？~嗯，啊，暂时没有工作。~你一个人度假？~呵呵，没错，一个人度假……幸好Gino不是一个好奇心很强的人，他看看我，说：这挺好的。

Gino是瑞士人。瑞士离德国不远吧，所以这是他在Hahndolf的原因。Gino之前是瑞士电视台做音效师的，做节目去过很多地方。他说他最喜欢意大利，没有北欧那么循规蹈矩。我说是啊，在意大利清早在马路上就会有人对你吹口哨，大家都很雀跃的样子；他还喜欢阿根廷、布宜诺斯埃利斯。说着他就拨弄了几下吉他，说，“探戈！呵呵”。我说我会唱“Don’t cry for me，Agentina”，Gino立即很高兴地换了调帮我伴奏。Gino说他还是更喜欢爵士，最好的爵士音乐是来自新奥尔良，最起初是从西非的黑人音乐来的。Gino还去过80年代的香港。他说他喜欢香港，很市民的城市，但是他说他从电视里看到已经变得不认识了。“还有上海，”他说，“天哪，上海的那些高楼像竹子一样！”然后他问我：“Joy，你喜欢吗？”我说，“喜欢什么？”他说，“喜欢人变得越来越有钱么？”

Gino说他不喜欢，他不喜欢大家都变得越来越喜欢钱。Gino说他们20多年前来澳洲的时候什么都没有，住在离市区很远的山上，还用过油灯。他们自己盖房子，他很自豪地说：“是我自己一点一点盖起来的！”可是，现在房子里没有人住了。Gino说孩子大了，女儿去了墨尔本，儿子也有自己的生活了。“然后，然后，”他说，“我的妻子离开我了，她和其他人回瑞士去了。”

“我们在一起二十多年了，”Gino说，“我从来没有想过她会离开我，她都没有告诉我。我是接到一个电话意外知道的。你知道么，一下子！My heart was…BANG！！！...you know。”我点头：我知道，我知道。

“她是一个很能干的女人，在阿德莱德开了店。后来生意很好，又开到其他城市去，开到瑞士去……生意对她来说越来越重要，我越来越不重要了。”Gino的眼睛开始很红很红，“我有时候会责怪自己应该对她更好一点，多关心她一点……但是你知道，当夫妻了20多年，你总是会粗心的。”我说：我知道，我知道。

“她是一个很善良的人，帮助过很多人。但是我不知道为什么她会一下子完全变了，她要离开，变得对我很坏。一下子有很多坏的事情出来，我很伤心。你知道么，你最亲的人一下子变得对你很坏，这让你很伤心。”我说：我知道，我知道。

“所以我在这里弹琴。他们（咖啡店的夫妻）是我多年的好朋友。他们也很为我伤心，因为我不敢回家。你知道么，那个我自己盖的房子，我现在都不敢走进去。我很怕回家。”我说：我知道，我知道。

一个男生牵着一个女生过来拍拍Gino。Gino回头一看高兴起来，给我介绍：这是我的儿子和女朋友。Gino不好意思地擦了擦眼睛。父子俩闲聊了些下午干什么，学校放假的事情，什么时候去海滩。男孩子很文静的样子，女孩子很好看，皮肤透明地白。拉着Gino说要用他送给他们的券吃热巧克力。

一个下午就这么过去了。我和Gino一起哭一会儿，然后他弹一会儿琴，然后再说一会儿话。甜甜的女侍者帮我们换了几次杯子，对我说："有人可以和他一起说话，这样真好！！"

太阳快没有的时候，我说我要回市区了。我说Gino你保重啊，我还会来看你的。晚上回到公寓的时候，收到Gino的短信：Joy，你在这里有第一个朋友了。

很多时候，我鼓励自己好好生活的原因之一：就是期待所有的不期而遇。

山上乌托邦

乌托邦（Utopia）原本是托马斯·摩尔以拉丁语写成的一部书，该书全名为《关于最完美的国家制度和乌托邦新岛的既有益又有趣的全书》，约于1516年出版。乌托邦的原词来自两个希腊语的词根：ou是没有的意思，另一个说法是eu是好的意思，topos是地方的意思，合在一起是“没有的地方”或“好地方”的意思。（引自维基百科）

Gino和Silvana

Gino和Silvana是一对兄妹。他们应该是经历过乌托邦盛行的年代，所以尽管Gino曾经供职于瑞士电视台，见过肯尼迪家族，又跑到墨西哥结识大隐于市的吉他大师；Silvana也有曾经身着五色斑斓，热裤加上长皮靴的年代，但是某一天，他们忽然就跑到地球南半边，又在这大洋岛国的很

Di和Ray一起在门口和我们挥手告别.
Ray从背后抱着Di，握着她的手一起向我们挥舞.
两个人就像一个人.

南面的一个小城的山区里开始过起了点煤油灯的生活。上山的第二天，Gino开车带我去到他们初抵澳洲时的第一幢房子，非常人迹罕至的山丘北面，孤零零的一幢木屋。人是不是可以这样过与世隔绝的日子呢？但是Gino说这是他们最快乐的时光，“Luci和Tizi（Gino的孩子）就是在树林里长大的，还有一起长大的狗Sock，一只黑猫，另外兔子，乌龟等若干。”Gino是地地道道的瑞士人，但是他说他可能流着西班牙的血液，“我不喜欢瑞士”他说，“太紧了，这么小的一个国家，每天都觉得有人在‘Watch you！’（看着你）。”他说喜欢澳洲的原因是够大，没有人“Watch you”。我忽然发现这是一个好理由。所以Gino不能理解我何以能在一个人口和澳洲全国人口对等的城市生活。我呵呵对Gino说，一直被watch，就不觉得有人watch我了。

Luci

Luci是Gino的儿子。姐姐Tizi在墨尔本。Luci是一个有点害羞的男生，谈吐斯文有礼。用Gino的话来讲，就是现世安稳。不像很多城里的男生那么爱现，热情过度。第一次见到Luci是在咖啡店，见到他们这一对嫩得掐得出水的小恋人。Luci的女朋友小巧的个子，五官精致，笑起来像草莓一样的芬芳四溢。Luci没有读大学，和朋友开一个工作间修车。我问Gino可以不读大学么？Gino奇怪地反问我，为什么不可以？是噢为什么不可以？我心里已经几百个念头转过：比如找工作怎么办，职业啊，未来啊。Gino说Luci从小就不喜欢学校。上两年学，休学一段时间；再读一段时间，再休学……我又无语，这样可以啊？Gino再反问我，为什么不可以？好像Luci已经有他喜欢干的工作了，他的职业好像也不是个大问题，然后，好像他的小恋人也很欣赏他。这个，真的好像不是个问题。Gino说起Luci就是一脸自豪，他5岁的时候就可以拿着榔头帮Gino钉木板。（他们的大房子都是Gino自己设计和盖起来的。）晚上Luci送来了生壁炉的大柴火。他的小草莓甜心一直拉着他的手，两个人的目光竟然一刻都不会从彼此身上挪开。

Di和Ray

我们从Mount Baker小镇再开出去40来分钟，到达湖区。湖不大，水位在百米开外。南澳一直干旱，此前已经干到湖里的乌龟全趴在岸上。当地的一个小学的学生一起去“拯救乌龟”，把乌龟一个个搬回到水里。这种事情我已经屡见不鲜，澳洲是我见过的人与自然最和谐的国度之一。在湖边有一排色彩各异的小屋，据说是周末来度假用的。Gino本来准备到这里来meditate（静思或者闭关），而借给他湖边小屋的就是Di和Ray。所以半小时后我就坐在了Di和Ray的家里。Di是个画家，她专长在丝绸上作画，她请我去她的工作室。我从来不知道在丝绸上可以这么作画，完全是顺应丝绸本身的纹理和水彩的匀染。此外，枯叶，花瓣，好像想到什么都可以应用，都可以装置。Di和我说了Silvana一样的观点："You can paint whatever you want！"当然，Di更加写实，Silvana更趋后抽象主义。（注：在伦敦的两个月，混迹于所有的Gallary和Museum，最大的得益是将所有纷繁冗杂的"主义"们初步搞清楚。）

但是，Di竟然是半年前病得要死的人。如果知道自己快死了，倒也就心安了，把每一天都当作最后一天来过，什么都要抓紧，什么都要庆幸。所以死神又放了她一码。Ray回来了，Ray是典型的澳洲男人。一说话舌头全在打滚。他说Joy你怎么有美式口音，我坦白地说我从来没在美利坚呆过，只是我们从小学的是美式英语。Di和Ray又不约而同地对我那个人口相等于全澳的家乡产生极大好奇。我忽然失语，我该怎么对着一群乌托邦主义者来形容我的城市？那个正开着盛会的不夜之城，那个像离心机一样的城市机器。末了，我给了一个概念：在我的城市，每天去参加世博会的人相当于全阿德莱德一半的人口。我该为此自豪吗？离开的时候，Di和Ray一起在门口和我们挥手告别。Ray从背后抱着Di，握着她的手一起向我们挥舞，两个人就像一个人。

乌托邦，事实上是指那些美好的，不可能存在的地方。

H同学说开始怀疑生命的意义。小朋友S说我们现在活着到底是为了什么。也许每个人心中都有一个乌托邦，有些人到达那里的距离很近，比如Gino和Silvana。因为不想被Watch着生活，就没有什么不可放弃。比如Luci，没有什么是“不可以”；比如Di和Ray，没有什么比活着和相爱更重要。

忽然想问自己，我的乌托邦呢？我离乌托邦有多远呢？

遗 愿 清 单

周末在家看杰克·尼克尔森和摩根·佛里曼两个老戏骨列的《遗愿清单》。片子是煽情的，尤其是最后两个老家伙的骨灰盒终于一同放在了雪山顶的一小石龛里，清单上的最后一条，终于也被划掉了。

最近，关于生死这个很“重”的话题忽然就变的很“轻”。“生死无常”变成很多人嘴边的碎碎念。不知道每个人是不是都曾经试图在心里列过这样的一张清单。就我而言，并不陌生：

因为父亲在生命中的最后几年一直辗转在病床和急救室间，不止一次地，我和弟弟在病床前聆听父亲的“遗愿清单”。从第一次吓得嚎啕大哭，到后来倒背如流还和父亲开着玩笑，“遗愿”于当时十来岁的我来说，已经不那么沉重了。

第一次想到自己的遗愿清单是在十四岁。一个人迷路在暴风雪的郊外，错过了最后一个班车，在半米多的雪地里跋

每个人都应该有自己的清单吧，
有时候这样一列，
会让自己下一些决心更加容易一些，
生活也会更轻一点。

涉，周围是永远走不出去的树林子。记得精疲力尽时掉进一个渠沟里，爬了无数次都出不去。周边一片寂静，只有偶尔似狼似狗的吠声，手脚也几乎没有感觉了。我仰面躺在沟底，雪花扑面而来，我在雪堆里想：如果我能活着，一定要做这几件事：

1. 要去买那件看了很多次的银色太空衣；
2. 要把《天龙八部》看完；
3. 再也不和弟弟吵架了，永远让着他。

大约晚上十点的时候我看到有灯的房子了，一头栽进去的时候把一屋子打牌的人都吓坏了。对了，第二天我被送回去的时候，我还加了一条：我要做个好人。

第二次是大三的暑假，学生会去张家界的天子山，又是迷路。从早上 8 点开始下山，到晌午的时候导游忽然说走错了，我们就披荆崭棘地开路。后来就越来越没路了，几乎是要扶着岩石走了。每到一处断层处竟然是要跳过去的，我一闭眼纵身了过去。后面中文系的女生就半个人悬着，被生生地拉了上来。听到石头哐哐的下去连个回声都没有，全队所有的人都煞白着脸，之后的半天几乎没有人说过一句话。我们是半夜才走到山脚的，村里的人后来惊叹我们的造化之大：这条山路出过事，已经封掉两年了；山路上蛇是非常多的；我们是从沟里出来的，如果下雨，沟就淹了，我们根本出不来。那天晚上我们几个围在火堆边就在讨论这个话题：死之前的一个月最想做的事情。那时的我刚刚结束一段很折腾的恋情，我说："我希望最后的一个月可以回到我们的当初，天天晚上在通宵教室一起备考英语六级"。

第三次是工作后的第四年。忽然身体就像到了保修期，什么零件都不对。血啦，颈椎啦，消化啦。后来在北京的一个晚会上，好好的在工作台上，一下子就倒下来了。回来后进入很长的一个低谷，总是觉得自己快死了，歇斯底里的，也是在医生那里最早知道"抑郁症"这个词。那时在家里发呆经常做的事情就是列清单：

1. 把存折给老妈和弟弟，给他结婚用；

2. 把所有自己写的东西、照片全部烧掉，不要有人记得我；

3. 一个人"消失"，背着包一直走，走到生命终点；我甚至还周密地计划了各种细节：最后应该是在一艘小船上，或是在异乡的一家旅店里……

这些症状消失的那一天就和它来的那一天一样瞬倏，无迹可寻。但是我还是很高兴地保存着我的遗愿清单，带着一点庆幸。那之后，我的清单经常会增加或删减：比如身边熟悉的那个人突然走了的时候；比如在整理箱底的时候；比如走到吴哥窟那个可以放秘密的树洞的时候；比如在非洲露营的帐篷和老公聊天的时候。

所以，我觉得每个人都应该有自己的清单，有时候这样一列，会让自己下一些决心更加容易一点，生活也会更“轻”一点。就像有人说过：每一天都可能都是最后一天，是啊，who knows?

列一列我的清单，当然，不是一个月的：

1. 出一本书

2. 学会做饭烧菜

3. 把肚皮舞或爵士舞跳到很赞

4. 一如既往地爱电影

5. 学会拉丁语和再一种语言（阿拉伯语？）

6. 定时和老朋友聚会

7. 尝试不同的职业

8. 去所有想去并且能去的地方

9. 生一个叫“董事”的宝宝，然后在他（或她）5岁的时候买一匹小马给他

10. 在用得着遗愿清单的时候能把上面全部都划掉！

但是后来我又明白，遗愿清单上总会有你永远也划不去的一条或若干条。

McQueen，伯纳，以及春暖花开

2010年2月25日，Andrew Koenig（《成长的烦恼》的伯纳）死在温哥华的公园；

2010年2月11日，Alexander McQueen在自己家的衣橱中上吊；

2003年4月1日，哥哥从文华的窗口凌空而下；

……

1989年3月26日，海子躺在山海关的铁轨上，“从明天起，做一个幸福的人……”；

抑郁其实一直成灾。

在我读大学的时候上海高校曾经有一个很轰动的案子。一个男生把前女友割了喉，四年后被抓住判了死刑。这个男生是我的高中同学，在事发前的半年他经常横跨整个上海来我们学校聊天。他日益形销骨立，生命完全虚无；他脑海中有无数虚实交错的情节，混合着悬疑，侦探，当然还有爱

情。他甚至开始蓄胡，说以后要易容。半年后，那些我听说过的片段全部变成现实。

2000年春天，我们从石库门的老房子搬了出来。应该说好几家因为一个意外搬了出来。隔壁的男主人在某天半夜把自己一米九几的身体吊在了大门口的楼梯口上。那之前男人曾经几次找过我那当居委会主任的老妈谈心，希望能够“调解”一下家庭矛盾。他有时候会问我借武侠书看，然后在过道里搬一个小板凳，那个在小板凳上硕大的背影是我对他最后的记忆。

我们不知道抑郁会是怎样的灾难。所以那个时候，我坐在草地上风轻云淡地对男同学说：嗨，这有什么呀！天涯何处无芳草。所以我老妈也苦口婆心地对隔壁的男人说：想开点，哪家没有磕磕碰碰的。

他们在水里扑腾到最后一刻，抓到的都是这样轻飘飘的稻草，然后，就沉下去了。

然而，我们真的不是他们，我们不知道那是个怎样的世界。

两年前我曾经服务精神科的某品牌。我清晰地记得在看一个患者记录片时所受到的震撼。他们因为长期失眠而眼窝深陷，目光散乱；他们无法控制自己的躯体，总是会产生震颤和惊跳；他们会产生正常人看不到的幻像，这些幻像通过他们的笔画出来是触目惊心的斑斓和凌乱；他们被幻听折磨得无处藏身，所以蜷缩在角落里，用手脚把自己一圈圈地裹紧；他们无时不刻地流泪，哪怕一边笑着说话，一边照样泪流满面；他们在黑夜里恐惧达到极点，在失眠的状态下睁大着无神的眼睛不停摇晃着自己等着又一个天亮。

抑郁是一种病。

如果胃癌，皮肤癌，白血病会吐，会疼，会掉头发，抑郁症患者一样会吐的死去活来，会肉体上疼得在地上打滚，会大把地掉头发；

如果心脏病，高血压，脑梗，癌症可以瞬间夺命，抑郁症的突发死亡率一点不比他们低。

抑郁症选择你和所有其他病症一样随机。比如，不过因为你的体内刚好某种基因数量异常；比如，不过因为你大脑中的神经递质含量或高或低；又比如，突发性事件引发某种激素的失衡。所以，抑郁症发生的可能性几乎和白血病一样合理。

但是，

人们不会对白血病患者说：你想开点，自我调解一下；

人们不会对脑梗患者说：你心态不好，承受力太差；

人们不会对糖尿病患者说：你不就心情不好呗，别无病呻吟；

人们不会对心脏病患者说：你没事乱吃什么药啊；

我听到过无数对抑郁症患者所谓开导和安慰，人们不知道自己有多残忍。

所以，

不要轻易把抑郁作为一个标签，抑郁只是一种病；

不要轻易找人倾诉你的症状，除非是你值得信任的人和医生；

如果不确定，请去看医生，看好的医生；

如果确诊的话，请治疗，请好的医生治疗；

如果需要服药，请服药，请服靠谱的药；

如果但凡觉得这个世界还有一件事情值得留恋，就不要轻易死去（放弃）。永远把你放弃的时间表往后推一天，再推一天，再推一天。

而那些已经选择离去的人，相信我，最后的那一刻，他们一定是快乐的！

是的，“从明天开始，做一个幸福的人；面朝大海，春暖花开”，无论在天堂还是人间。

那些疯长的草

前日在看毛尖的《没有人看见草生长》，（毛尖是我喜欢的非美女作家，犀利精怪）活泼泼的一出八九十年代的青春浮世绘啊。

在我本科四年呆的师大（前日围脖上有人很不留情面地说了，没有毛尖那个师大高级），也曾游荡过这些理想主义的魂灵。大一的时候学校有一个著名的乐队，周末在西部的礼堂打Band，台下全是目光迷离的长发文艺少女。主唱是音乐系一个老有腔调的男生，永远一头桀骜长发，永远穿一件看不清颜色的疑似军大衣，永远身边有打扮或嬉皮或琼瑶的女生。我一直觉得六十年代大洋彼岸的反战一代携带着嬉皮的魂灵在二十年后潜伏进东土，那应该是非主流一世吧。总之，和毛尖的经历一样，我记忆中的大学也充斥着各种文坛，乐坛，论坛（今天也都成了祭坛了吧！）的精英们。精英们在台上或痛苦或亢奋地低吟高唱，台下是为着这些精英们痛苦或亢奋地跳楼割脉的女孩们。

我之前在《McQueen,伯纳，以及春暖花开》中提到过我一个杀了前女友的高中同学。我没有提到当时的一个情节，在他出事前最后一次来我们学校时，我们系正忙着一出话剧：一出披着法制教育外皮的校园大俗三角恋。简而言之，就是二男一女，最后男一杀了男二，女主疯了的桥段。我的高中同学来的那天刚好是第一场演出，我在后台忙服装，无暇顾及他已经很苍白的脸色，匆匆把他安置在观众席。不久以后，便传来了关于他杀人潜逃的消息。不久之后，我还因此“有幸”进过传说中的刑警803。我之后经常自我反省这之间的因果关系，为什么我的高中同学是杀了女一号而不是男二号。话剧里男一号（杀人者）的扮演者是当时校园盛名远扬的才子，有着神似童自荣的一把华丽嗓音。每次东部礼堂的演出，总是在大幕后先传出他的嗓音，然后伊徐徐踱出，台下便惊叫一片。当时我在剧中打杂，一次在通宵教室聆听才子师兄充满诗意的理想蓝图，从夜半直到晨曦。男二号（被害者）的扮演者就是那个音乐系的乐队主唱，基本在剧中本色出演。该剧很成功。尤其是在最后一幕，极尽煽情之能事，上下悲怆一片。

在多年以后，我又见到了才子师兄，他已经和他的校园爱情女主角结了婚。但是当年有着一颗玲珑心的女生已经是外企的女强人。在学校当老师的师兄仍以文人的狷介努力对抗着现实的些许无奈。再经年以后，公司的项目要找职场培训师。培训公司传来的资料中，一个熟悉的名字赫然在目。只是，一头长发已荡然无存，西装下包裹着一个有无数头衔的“成功学专家”。那个曾经为了保卫长发宁愿戴帽子去上课，那个在校园唱着摇滚爱情的歌手终于蜕去了他的茧。而那个声音甜美的女主角，之后也成了电台里的某某知心姐姐。

我知道，我见过的那些疯长的草就此枯萎了，那些曾经肆意的理想主义者就这么老去了。

最后，更是很高兴，

看到王子和王子，公主和公主

幸福快乐地生活在一起了！

那些男孩女孩们的事

在餐厅早餐，电视在放金星的采访。对，就是我们那个金星，“was a male dancer， now is a female dancer.”她这样介绍自己。餐厅人不多，几对白人老夫妇，两三个亚洲脸孔，我可能是唯一来自于她家乡的住客。大家都扭过脖子看。金星的伴侣也出镜了，说起他们第一次相识的场景，很是甜蜜，还有三个领养的孩子，一家人过着快乐的生活。

稍前有和朋友讨论过在中国的homosexual的问题，当年的论文作业我曾想写这个选题。但是六七年前风向还是不一样的，我记得一次专栏交稿，最后生生地还是把主角的性别给纠正了。还曾计划去当年很火爆的香港广场做些调访，石门二路上据说专门有一个非官方援助组织，援助在香港广场夜场的那些男孩子。

就我自己的经验而言，也许中国不是一个宗教主导的国家，抑或上海本不是一个太过保守的城市，或者是自己所在行业的特性，好像从来没有觉得这是一个大问题。

十多年前公司有个女生，说实话我是两三天之后才确认她是个女生。再说实话，不管性别划在哪一边她都不算颜值担当，但是身边就一直不断各等秀色。记得她来不久公司就有一个派对，大家成双对的出入。不久她拖着一个女人进来，发及腰间，一袭旗袍玲珑有致，那个眉眼，几乎是从古代仕女画中出来的。据说当时公司的男生一边捶胸顿足一边狂喷鼻血，心不甘情不愿了很久。后来女生就成为公司女生的大众“王小贱”，把部门的小女孩们照顾的无微不至，有点脏活累活，一捋袖子，都是她来。她是把女生都宠得过头了，平日里加班加点是一句废话没有的，只一个条件，下午五六点要去接送她女人，风雨无阻，雷打不动。但是据说后来还是吃了苦头，旗袍女骗了她的财又伤了她的心。记得我和孔孔还很是打抱不平了一下。她叹口气，说：女人嘛……口气简直比男人还男人。后来在淮海路街上碰到她，身边是一个满清纯的小女生，估计是翻篇了。

在悉尼读书的时候，班里不过二十来人，一度也很热闹。同是上海人的小S是属于到处放电叫别人姐姐的人，小S在上海读中学时就很纠结闺蜜的友谊，下决心去了澳洲，小S和我们公司的那个女生的共同之处，就是为女人肝脑涂地的。我们也是看不过去，因为那些外系的女孩一看就是在使唤她，一会儿让她查资料，一会儿让她帮着写作业。但是她觉得别人有事找她，她就很高兴了，一副贾宝玉的自恋相。小S一直还喜欢我们中间的另一个女孩，但伊时人家已嫁为人妇，也不太假以颜色。小S一直长吁短叹。多年之后，在悉尼和她喝咖啡，见面第一句仍旧是，G姐姐可好？令我胸闷不已。

同班另一个台湾女孩，很侯佩岑的那种。但是我们比较生分，因为当时我对一些“大是大非”原则无来由的执着。（可能这是刚到国外留学孩子们的通病）。在一次课堂讨论中，“侯佩岑”肆无忌惮地讨论台湾这个国家的问题，我当场反驳她称台湾为国家。这种场合，导师基本两种反应，一是沉默，随便你们吵；二是声明根据联合国立场。自此以后，我们就客客气气了。小侯同学不久就和班里的法国小男生成双成对，两人差了十来岁的光景。不久过了一个假期，我就被八卦更新了一下，说是假期间小侯同学和法国小男生的女朋友们前脚后脚地越洋过来了，法国小男生的女朋友是日本卡哇伊；小侯同学的女朋友是一个台湾干练女生。局面如此复杂我们也都很错愕，连安慰宽解的话都组织不起来。一次课后小侯同学破天荒地和我掏心地倾诉了一下。真是觉得，这些天雷地火有过之无不及。多年以后，（是的，又是多年以后）我在英国的朋友家，亦是当年的一个班的同学。我惊叫起来，天哪，小侯同学给我facebook留了言，她和法国小朋友快乐幸福地在一起并且快乐幸福地生了宝宝了！末了他们双双又直了回来。

昨天看到新闻说澳洲反对党党魁阿伯特的胞妹也和女伴亮相了，纵使她哥哥力主保守婚姻政策。最近跟了李阮一家人的微博，很甜蜜很有爱的一家人。

真是很高兴，最后看到王子和王子，公主和公主们幸福快乐地生活在一起了！

我们为什么要在一起

连续两天两夜在家里昏天黑地看完严歌苓《一个女人的史诗》的改编剧。拉开窗帘，发现温度骤然已经升到二十来度。

Gino在年三十打来电话拜年，很不确定地说，“Joy，应该是要在中国新年的前一天说新年快乐的对么？”为确保无误，他还专门去询问了一个中国朋友。我说Gino你还好吧？Gino说一切如故，没有什么惊喜，也没有什么意外。律师正在做离婚协议，他们共同的房屋已经委托中介放到市场上去了。Gino在电话里说，“Joy，我还是不敢回家，每天像在梦游一样。不能想24年的婚姻这样就结束了。”

J小朋友打电话来。哽咽地说他整整91天的爱情在新年伊始的时候结束了。在本命年到来的时候，这个打击很有宿命感。J小朋友说很害怕夜晚的到来，过去的91天历历在目。J小朋友在暗夜里要把每一个细节的“是”与“非”来

"I need him only because I happen to adore him.
because his company brings me gladness & comfort.
and because...... sometimes life is too hard to
be alone, and sometimes life is too good to be alone!"

— Elizabeth Gilbert.

回地咀嚼。J小朋友说，Joy有什么办法能好起来么？我说，没有办法啊，唯一的办法就是再过一个91天，就好了。

D童鞋在夜里隔岸打了长途来，说情绪低得一塌糊涂。为了了断一段六年的感情已经又折腾了两年，实在觉得挫败。D童鞋不能说不努力了，她已经付诸了所有的行动力，甚至把自己发配到对岸的另一个城市。但是，夜晚在一个人的公寓里，她在电话的那一端问我：Joy，你会不会寂寞呢？

新年伊始，华灯初上。不管男女老少，大洋东西，夜深人静，所有在感情里溺水的人还是在拼命地挣扎，不知道何时能够上岸。

我们到底为什么要在一起？？

I do not need him to protect me physically.

如果我不需要依赖他的强壮体格保护我；

I do not need him to provide for me financially.

如果我不需要仰仗他提供我经济支持；

I do not need him to extend my circle of kinship.

如果我不需要依靠他来扩大我的亲朋关系；

I do not need him to give me the critical social status of "married woman".

如果我不需要通过他来给自己一个重要的“已婚妇女”的社会标签；

I do not need him to father my children.

如果我不需要通过他来繁衍后代；

So， where does that leave us， why do I need the man at all?

那么，如果这些都不是重点，我到底需要他什么？

I need him only because I happen to adore him， because his company brings me gladness and comfort， and because……‘sometimes life is too hard to be alone， and sometimes life is too good to be alone！！

我需要和他在一起只是因为我刚巧爱他上了瘾，和他在一起带给我快乐惬意；还因为，因为人生太难了，所以你不能独自一人；有时候也因为人生太美好了，所以你不能独自一人！”

——《Committed》by Elizabeth Gilbert

原来，原来，我们需要“和人在一起”，只是因为我们需要his/her“company”（他／她的陪伴）；我们需要和他/她“be together”（在一起）。我们只是害怕在“太坏”或者“太好”的时候“只有自己”！！

严歌苓的《一个女人的史诗》，剧中赵薇饰演的苏菲轴成一根筋。不巧地爱上了欧阳臾上了瘾，而且这一上瘾就是一辈子。她哭着说：“我就是想和你在一起，你高兴我就很高兴；我就是什么事都想和你说，你说的什么我都爱听。”这真是让人揪心的瘾啊，戒得这么辛苦，还是不停复发。看她这样的上瘾竟然让我羞愧起来，连心里悄悄质疑这种瘾的存在都觉得不该。

她只是想和他在一起。

所以，忽然发现，我们为什么要在一起，其实就是因为要“在！一！起！”

我们总在他人的爱的事上学习自己爱的事.

关于爱的他人和他事

在微博上看到一段视频：南斯拉夫的行为艺术者，接受1500个陌生者和她对视。相恋12年，分手22年的旧恋人出现在她面前，执手相望，无语凝噎。

我们总在他人的爱的事上学习自己爱的事。

我们在年少的时候恋爱都是剧情跌宕的8点档。因为不那样不足以表达自己的爱如火如荼。我们在要好的时候用午餐苹果上刻个对方的名字；在海滩用红线串个贝壳链子；用半个月的微薄薪水买个细细的银戒指。我们在吵闹的时候用酒泼向对方的脸庞；在迪厅互抽对方的耳光；然后在人潮拥挤的淮海路街头走失又拼命寻找对方。然后我们分手，纠缠，厮打，割脉，用充满台词感的话语咒骂然后回头拿着手机对着大海说忘了吧就忘了吧此生不会再爱了吧。

这样的8点档竟然能演过跨世纪。但是，等等！关于以上“你的”种种爱情，是不是都似曾相识？在大街上对着完治大声喊我喜欢你的莉香；在大海边开着手机的杨铮；在人潮中和海藻擦肩而过的小贝；对杨晓芸宣布我要离开你的向南。我们坐在电视机前忽然备感触目尽心，似乎醒悟你把电视中的人物都演了一遍，你的独一无二的爱情满是别人的痕迹和烙印。是的，那一时那一刻，我们入戏如此之快，还没有喊开麦拉，自己就已经泪流满面。

你是什么时候开始出戏的呢？

是那个叫“感动”的魔咒害了你。你总认为爱就是天崩地裂的，百转千回的，必有善终的。我们经过爱情中的坎坷都是为了那个善终在路上必须的磨难。所以你的执着一不小心就成了执念，执念最终的圆满而相信“低到尘埃，终将绽放”。可是那个在苹果上刻你名字的男生在你的病床前竟然无动于衷；那个在大街上大声说喜欢你的“莉香”转头嫁作他人妇竟然毫无余恨；那个你疯狂寻找失踪的人竟然既没有得癌也没有破产；那两个相识与微时的爱人十几年轰轰烈烈后竟然说陌路就陌路没有奔向对方也没有抱头恸哭。是的，他们完全没有按照剧本演，你所有的欢喜悲怆感天动地忽然没了去处，拦腰被截断，空余恨！是你所有关于爱情的善念被嘲弄的余恨。你没着没落地在那，忽然发现所谓爱情都是你自己的热闹，各种唱念作打都下了场，可不是只有你一人的花腔余音绕梁？！

所以，终于，从一个演戏的人，到一个出戏的人，成为一个看戏的人。回头讲，看着那两个半百老人泪眼婆娑，四手一握间，多少唏嘘。但是，还是转身就离开了。所以俩俩相望，亦是俩俩相忘。看戏的人，叹口气就好了，叹完就都散了吧！

残酷婚姻物语

在英伦游荡。日夜依然颠倒地过。深夜时分，MSN便此起彼伏地亮起来。我成了他们一万公里之外的树洞。

她和他在一起三年，第1年结婚，第2年有了孩子，第3年离婚。她应该知道他本来就不是一个可以结婚的人。但是她还是过不去，在家里割了脉。他赶到医院，但是没有呆多久就要走，她的父母说，你还是人么？他说，没办法，因为另外一个女人刚刚喝了药。

她和他在一起六年半，一天晚上他说他要走了。然后他就搬了出去，搬到一里之外另外一个女人的家里。从那一天开始她每天在失眠，惊厥，呕吐，心悸，痉挛还有在眼泪中挣扎。但是她想活下去，求生变成她最简单的念想。她能想到的救命稻草还是他。可是他说：对不起，我帮不了你，有病就该看医生，你的生理问题还是要自己解决。

她和他在一起的第8年，他们准备当年的8月结婚。但是婚礼的前几个月她知道没有这个婚礼了。不久她家里出了事故，她陷入了生命中最黑暗的时期。他说，我来陪你吧。她想拒绝，最后还是答应了。但是她还是没有等到他来。他打了个电话给她说，对不起，另一个女人不让他来。

她和他在一起十二年。大学一毕业她就嫁给了他。他和她的爱情在朋友圈子中很经典：她一无所有，来自另外一个小城市，但是他就是要娶她；他那有名但是有点势利的妈妈坚决反对，但是他就是要娶她，所有的朋友都以为他们长不了，但是他就是要娶她，还生了儿子。第12年，他和她离婚了，儿子归他。她不明白为什么她的丈夫能在报纸电视中指点别人的婚姻，但是却不要自己的婚姻。很快知道他和另外一个女人结了婚。她在近40岁的时候一下子一无所有。她记得最初他说他爱她是因为她是最简单的女人。

她和他在一起十五年了，在大学的时候就是值得艳羡的一对，有才，而且好看。她出国去了几年，因为她一直知道他不安全，这样聪明又漂亮的男人。但是她从国外回来后，他还是回到她身边。她很安静，但是她的生活从来没有安静过，她经历过其他女人半夜来家里砸门；经历过20来岁的小女生给她打电话，虚伪张狂地安慰她不要生气。她还是很安静，安静地在家里伺候花草，把一个花园折腾的风声水起。打电话给他，他就会回来，来送钱。

我不知道她和他在一起多少年了，他们有一个上中学的儿子。他已经身居高位。三年以来，每个星期五他都会到另一个小他10岁的女人那里去。他想过和小女人断掉，小女人发了一首诗给他，他就像20岁的毛头小伙子一样一头又栽进去了。一个周五，他定了临近城市的豪华酒店准备和小女人度周末，可是小女人闹别扭了。他一生气，扭头回了家，和家里的她说，明天我们去度周末。

这就是在我身边发生的关于婚姻所有的残酷的事。近在咫尺，栩栩如生。让人不寒而栗。从这个城市的天空俯视下来，这些故事在一个个被称之为“家”的小方块中残忍的上演着。然后，所有的主角穿戴整齐，走出门，一脸坦然。

我想所谓婚姻，就是提供一个战场让两个人以爱的名义遭遇，然后互相杀戮，到最后片甲不留，尸横遍野。

暗　物　质

还是病了。

到牛津的时候已经近晚上九点了。夜色中的旅馆显得面目模糊，和网站上预订时的形象大相径庭。幽暗的过道只有护墙板反射出一点隐隐的光，一走就吱吱呀呀地响，仿佛什么东西马上就要争先恐后地从地板下爬出来。在底层的房间显得异常昏暗，散发着不祥的霉味。几乎每一方寸都在告诉你：我很老很老了，我有很多很多的故事。来吧，让我深夜和你细诉这些曾经过往。我簌簌发抖地问了一下接待生，楼里还有其他人住么？他沉默地看着我，似乎在斟词酌句。我飞快躲进房间，反身紧紧锁住门。

几年前有一部电影《暗物质》（Dark Matter），由梅丽尔斯特里普和刘烨主演。出人意外的组合，国内也并不会公映。给我印象极深的是刘烨饰演一位研究暗物质的留学生，在影片的后半段这些暗物质在他体内豕突狼奔，肆意妄为，最后终究占据高地，一举毁灭了寄生体。

很久以来我相信人的体内存在不同的物质。和宇宙空间一样，这种类似”暗物质”的能量在体内所占据的比例远比想象中大，其潜在的能量以及带来的毁坏力也要远远超出人的预期。

这种暗物质，包括了一切摧毁人意志的负能量，永远站立在你所希望的光明生活的对立面：比如痛苦，比如悲伤，比如绝望，比如孤独，比如仇恨，比如嫉妒，比如愤怒。是的，尤其是愤怒。人在困境的时候，这些暗物质会无比具像化，它们远非一种“情绪”或者“认知”，它们具体化为一群举着三叉戟的小恶魔，无比欣快地入侵你所有的器官，然后你像头困兽，需要在疼痛，痉挛，呕吐，心悸，大量出汗这些折磨中死守阵地。它们欢快地从你的全身每一个细胞夺门而出，随即挟持你的大脑和四肢，死命地往暗黑世界拖去。每每此时，你要知道，这些暗物质虽然在你的体内，但它们已经不属于你控制，它们也已经不是“你”，所以你需要打起十二分的精神来对抗它们。找一个安静的地方，掐住虎口，用膝盖顶住胃，减轻这样一阵阵袭来的疼痛；你需要绷紧全身肌肉来抵消颤栗；然后高度集中注意力，当每一个黑暗军团来袭时，就决不犹豫地打压下去，不能让它有任何滋长的机会。

暗物质这样的无孔不入，尤其在睡梦中。在你毫无戒备的时候立刻挥师而上，在每一个清晨被疼痛撕咬醒的时候，一种冰冷深入骨髓，无望至极。

对抗暗物质需要极大的体力，每一次都让人精疲力竭，汗透衣襟。

好在你知道它总是会过去，坚持过个把小时就好。坏在你不知道它每天这样循环往复，到底哪一天才是终结。

所以今天我对它们说，我病了，我打不动了，随便你们怎么着吧。早晚弄死我你们也得不了好，我没了你们玩谁去啊，丫的！！！！！！！！！！

第一个十年就这样过了

2009年12月1日。一下子发现这个世纪的第一个十年马上就结束了。十年，好像是眨眼的功夫，冷不防地告诉你，它已经过了。

1999年的这个时候，全世界都很惶恐，有神论者惶恐着千年的世纪末预言；无神论者惶恐着千年虫的肆虐。据说最后那几个小时，全球几个大户人家，尤其是家里有核装置的，几乎都是提溜着脑袋过的千禧年。然后，嘛事都没有发生，大家伙都讪讪的，好像巴不得出点什么状况。

1999年的最后一天，我在干什么呢？已经想不起来了，百无聊赖地把电脑下面的时间改到19××年。其实，想想真的有什么事情发生，又有什么用呢？近两天在阳台上看二战的资料。广岛一颗核炸，多少人就顷刻间灰飞烟灭。那些图片写实得不像是真的。残墙断垣中，人就像一层粉末，手一抹就干干净净，这世从未来过一样。所有的大灾难过后，意识形态领域都会产生大冲击，但是一次又一次，反省的无外乎又是千篇一律的老话题：人和人的关系，人和自然的关系。我们怎么和自己相处，怎么和他人相处，怎么和这个世界相处。大事件下人会顿悟自己的渺小，那么，在和自己的相处中，也许会对自己宽容一点。所有的大，都抵不过你相对于这个世界的小。

2009年末，全世界又很惶恐，不管有神论还是无神论都在印证古玛雅历法。美国人先把2012年末日彩排一遍给大家看，以免大家连自己怎么死的都不知道，多不甘心啊！《TIME》最新的期刊大大的标题："The Decade From Hell"。图文并茂的10年回顾，真是让人不寒而栗，惊觉过去的10年真的发生过这么多事情：那些从双子塔上为了逃生而自由落体的美国人；坐地铁上班被炸死的英国人；被SARS禽流感猪流感感染死的人；被海啸吞噬的东南亚人；被飓风摧毁的新奥尔良人；被吊死的侯赛因以及依然前赴后继死亡的伊拉克人；还有地震埋葬的汶川人；最后，是跳楼自杀的华尔街人。是的，所有的后缀都是"人"。

《TIME》用这样几个词来归结这10年灾难的祸首：Neglect（漠视），Greed（贪婪），Self-interest（自私），Deferral of responsibility（诿责）。我觉得这些几乎覆盖了人类的所有原罪。所谓天灾人祸，罄竹所有的这些灾难，人祸就不说了，天灾也都是人类对自然不加节制的索讨。H同学曾推荐我看一部纪录片《Home》（家园）。镜头所及的触目惊心，就知道人类已经走的多远。所谓无知者无畏，我觉得时至今日，是因为人类愈加无畏，无畏，所以无知。

而在这其中，Greed（贪婪）尤为罪魁。欲望是凶险的，人对自己欲望的不加节制，以及对满足自己欲望的不择手段，可以让人心荒芜到苍茫。前日有看到L同学在说这个社会现今的价值体系，以及人的底线。现今的中国就像一个大炒家，炒作仿佛永远不会落市的愿景。全体人民陷入一种热情洋溢的欲望透支中，所以人人都可以Mortgage（贷款抵押）自己的未来，Mortgage20年，30年，50年。就像Golden Age的美国，就像80年代的日本。欲望被合理地励志化了，所以，我们还有底线么？那条Bottom line（底线），真的已经到达Bottom（底）了。

所以，当《TIME》说："这个十年，是美国最坏的10年，是中国最好的10年"时，我觉得他们的心怀叵测，好像说："你看，《欲望号街车》已经隆隆地驶进中国了。"

但是，毕竟，出来混，迟早要还的。

晚 安，好 运

我是个时事敏锐度和觉悟都极低极低的人。大学一年级的时候逢儿童节后的一周，学校就把我们赶回家。我就是属于那种还后知后觉问为什么呀为什么呀的无知少年。大学四年级要考虑分配了，我们这个系入党率高达95%以上。可是组织不待见我，从不来关心我。考虑到我的前程，我只好扭扭捏捏地去向组织示好，组织打量了我半晌说：你还是群众？随即便没了下文。一个有为青年的前程就是这么被毁了的。

对了，说明一下，我大学本科读的是政法系。

所以十年后再有重返校园的机会时我就义无反顾地选择了传播。教我们新闻写作的是一个叫Howard的英国老头，在媒体摸打滚爬几十年的老枪手。练习写新闻概要，一件悬疑+乱伦+凶杀+宗教的案子也必须一句话概括掉。没办法，惜字如金地操练啊，一个个站起来练嘴。Howard最常说的一句话是：“不，你不能下定论（对或者错，好或者不好）；你必须描述事实，忠实地描述事实。”所以Howard不喜欢《TIME》，虽然《TIME》很老大，但是太霸道。“作为媒体，你的职责是传递事实，但是不能传递代表你个人的观点以及好恶。这是我们的铁律”。在Howard的高压政策下，每一条新闻我们都必须去搜集，引用到正，反，中立三方或以上观点。这很大程度上改变了我们关于“观点”的认知，以及对于“表达观点”的“自由”的尊重。

人的好奇心及探求欲是有意义的。这个世界浩瀚的资讯让我们俯首而得。技术和文明的共进是这样相辅相成的：我用iGoogle管理我的界面；用无数免费小程序方便我的生活；用Google News 更新每天的天下事；用Google Music作为家里的背景音乐；用Google Map看马德里的实景路况；用Gmail保证我的文件永不消失。我想知道耶路撒冷和三大宗教的恩怨，Google告诉我以色列的观点以及巴勒斯坦的观点；我想知道二战斯大林曾经和希特勒的媾和，Google告诉我盟军方面的观点和纳粹方的观点；我想知道萨科奇是否和布吕尼离婚了，Google告诉我萨科奇的辩解和太阳报的花边；我想知道Google退出中国的原因，Google告诉我国新办的发言和Google官网的声明……

以此纪念Google.cn即谷歌离开中国。

并推荐两部电影：《Good Night，and Good Luck》和《All President'Man》。关于麦卡锡主义和水门事件以及媒体自由。

香港驿站

我得承认我是想赖在香港的。好像倒计时，有个过渡，就没有末日那么绝望。再说真的末日又如何呢，所以兴高采烈地去AMC看了《2012》。

要先谢过猪哥哥的。首先是日理万机中收留了我，其次是文华的海鲜大餐实在没“齿”难忘。再次，是最后推我一把，说，走吧! 猪哥哥竟然也看我的博客，伊讲，你把我的话也写上去吧，不过去掉名字就好。 猪哥哥一个人在香港呆了四年，我常常看到他博客的更新，无他，一定是主题为“周末午餐”的照片。有时候是三文鱼，有时候是土豆牛肉，有时候是“清蒸死桂花鱼”。然后永远是一双筷子，一个纸杯，杯里有时候是疑似红酒，有时候是疑似白酒。摆盘和构图都难看得让人不忍直视。我问猪哥哥，为什么人都一定要寂寞成这个样子呢？猪哥哥说是怕责任吧，这是我第N次从男人口中听到这个理由。我忽然在想，人到底在怕什么责任？不管他是20，30，40，可能不怕和你白手起家，只怕和你白首偕老。这个责任可能无关乎其他，只关乎恒心。是怕自己没有恒心嚜？尤其是一辈子的恒心。所以哪怕每天都对着一双筷子，一个纸杯，即便寂寞了点，却是省心省力的。

在香港最后两天又开始发烧，一个人在公寓里面闷睡了两天后，晃荡着出了门：

- 铜锣湾也有美珍香，肉脯和小松脆和上海的味道一模一样；
- 时代广场旁的云吞面，招牌就叫云吞面，我先把蚝油冬菇单吃完，再吃完净捞面，再吃那几粒云吞；
- 去把头发剪掉剪掉，师傅说你要剪什么样的呢？我说剪短剪短！师傅剪完后，我沉重地哀鸣了一声……师傅无辜地看着我说：你说剪短的……
- 买糖水回去：双皮奶，糖水番薯，姜炖鲜奶，百合杏仁露，然后通宵看电影台《甜蜜蜜》《黑社会》《喜剧之王》《金枝玉叶》《食神》……
- 临走前，实在忍不住好奇心，跑到下条街，坐车来来回回几次都没看清的那家诊所的招牌，挂牌医师的名字真的叫——“庄 纯 傑”!!

德辅道上车的司机大叔难得的有一口颇为流利的普通话。原来是在内地打拼了15年。“那怎么回来开的士了呢？”我还是没有忍住好奇。“世道不好啊”，大叔波澜不惊地讲，去年这场金融风暴，就把他15年的底子抹得一干二净，然后老婆二话没说拔腿也就走了。“也好叻，干干净净，什么牵挂都没有。收工就街边吃完馄饨面，晚上一个人去公园跑跑步。”我想想说，是吧，这样也好叻…下车的时候，大叔笑着对我说：“和你聊天很开心呢。你知道，我开的士就可以有人说话呢。”

香港是一个热闹得不成样的城市，尖沙嘴的海港城，铜锣湾的时代广场，从中环电梯一路向上，呼啦啦两边的楼和大小食肆扑面而来。在IFC的餐厅西装男笔挺地独自咬着三明治，在空中天桥目不斜视的OL独自疾行，在跑马地的茶餐厅，中年男人独自饮着冻奶茶，一碗餐蛋面。入夜以后，一栋栋楼亮起灯，一扇扇铁门密码按开，一个个身影独自隐进门里。

香港毕竟是个驿站。两天后，终究是要继续飞的。飞机升空的时候，我看着机舱外，这片大陆，渐渐的终于被抛在身后了。

从香港西环回到上海西区，用了我整整10个小时。

新虹桥机场又搬远5公里，在高架上看着窗外陌生的夜色，听着出租车里的《相伴到黎明》。这个节目有十几年了吧，我记得曾经一边在宿舍背《资本论》，一边开着收音机，这是唯一的一档深夜节目。多半时间我只当节目是一个背景音，让K书的长夜不那么难熬；有时候会听到一些哽咽，抑或泣不成声，然后有主持人一声长叹。我就在想，这些吃饱了饭不睡觉的人们在深夜为了什么辗转反侧啊。那么多年过去了，还是有成群结队的人在深夜对着话筒絮絮叨叨。当主持人再一次以极其忍耐的口气试图结束一个漫长的倾诉时，我终于没有忍住："这样的事说半天，又有什么用呢？"司机三十来岁的样子，一直默然。忽然开口说："没人说话，应该是一件很痛苦的事吧。"我闻后忽然大笑起来，笑到眼泪都出来。止也止不住。

如果有江湖，寂寞应该是第一高手吧，任你道高几尺，魔高几丈，都打得你溃不成军。忽然发现，身边被寂寞劫持的人比比皆是。

我们会在寂寞的时候和陌生人说话；我们会在寂寞的时候听相伴到黎明；我们会在寂寞的时候一个人看电影；我们会在寂寞的时候一个人烧一桌菜；我们还会在寂寞的时候和另一个人说想念。

但是，你要知道，你要说的只是寂寞，并不是想念！

洪兴十三妹

今天一鼓作气从尖沙咀走到旺角，庙街，钵兰街呼啦啦地映入眼帘。

曾经有一阵子被人叫作“洪兴十三妹”，可见我那时候的脾气有多么的不好。

工作第2年的时候，公司刚刚开张不久。基本不做正事，也没有正事可做。一帮人成日胡吃海喝地混迹在一起。一日他们男生约了去踢球，留下我和一不踢球男生去餐厅占座。餐厅不大，正正中间坐了一对男女。服务员便上前与之商榷：我们有十几人，他们只需稍作挪移。我想在热恋中的男人总是荷尔蒙过分高涨，就像雄孔雀总是要在雌孔雀面前花枝招展一番。总之，男人不满意自己酝酿半天培养的深情目光被中途拦截，戏码没有让他唱足本，便以雄孔雀的傲娇睥睨了我们一眼，表示了不屑后从牙缝蹦出两个字：不换。所以我的雌性荷尔蒙立即也汹涌了起来，冷冷地（我自以为）也从牙缝用上海话蹦了两个字：××。不想男人立即弹跳了起来，咆哮着说“你别以为上海话我听不懂”，我乐了，又分别用普通话和英文骂了一遍。男人“嗷”的一声就要扑过来，我眼也不眨地抄起一把椅子就砸了过去……（省略若干场面）……最后，我们那帮平均身高1.8以上的足球队回来了，和小孔雀男人“谈”了两句。遂过来向我赔礼道歉。遂剧终。同伴F同学（伊是古惑仔的死忠）有一阵见我就说“十三妹啊！”。

后来开始和一个也很古惑仔的男生谈恋爱，经常半夜三更在酒吧，台球房，KTV等地砸场子，给一些娱乐场所造成一定损失。一天，还是一帮人吃饭。我们总是和几个认识的以及他们带来的若干个不认识的人吃饭，一顿饭四五个小时，说的全是废话。席间就有一男人招惹我们，确切地说是招惹我的男友（是的，竟敢碰我的男人！）。这个男人正巧是我非常讨厌的细皮嫩肉，白里透红的长相。我隐忍了半晌，抄起面前的杯子就当头砸了过去。顿时举座皆惊。这以后该被砸的男人上我们公司谈事都要先打电话问我在么？当时的男友后来质疑过我的暴力倾向，好心提请我加以控制。

再后来成家了，春风化雨，看什么什么美好，因此，极少再出现类似症状。但是，伊只是潜伏着，瞅准了机会总是跃跃欲试。我是一个很尊重秩序和公平的人。但是，在我们生存的空间中，秩序和公平被打破简直比比皆是。我们家的那一个地铁站即是。每次下了地铁，出租车候车处完全形同虚设。我和老公一开始做矜持状，希望身体力行能够影响别人，但是一拨拨的人马越过我们堂皇而之地坐上车呼啸而去，我的小宇宙终于爆发了。在又一个人高马大的男人镇定自若地抢了车时，我一步跳到马路中间（马路仅容一车通行），正当当拦在车前，指着车里的男人就大骂：你TMD给我滚下来，要是不排到后面去你们TMD一个都别走，有种你就压死我！……男人拿着公文包愣了几秒，嘴里嘟囔了几句（估计骂我神经病），灰溜溜地下了车来。我上了车莞尔一笑对司机说：我这是被逼的。

再到今天，很难有事情可以让我立时三刻地上火了，和一拨闺蜜上街，见人一着急上火，我就拍拍着他们的头说：冷静，淡定。

嗯，年纪真的大了，不忍回首那些被岁月偷走的时光。

“在幻变的生命里，岁月，原是最大的小偷”，一晚上去看了《岁月神偷》（罗启锐、张婉婷）。

容易受伤的人

我是个非常容易受伤的人。意外频发，事故不断。

十来岁的时候，老爸被诊断得了大病，于是和老妈十万火急地回沪治病，把我一个人扔在家里看门。（后来发现是误诊，老爸前日还躺在床上气若游丝，一宣布是误诊，他一个鱼跃打挺，下午就去逛街了。因此之后很长时间我老妈都不愿意搭理他。）回头说留在家里的小可怜我，忽然发现山中只有我一只老虎了，那个兴奋！就差上房揭瓦了。事实上我也上了房顶——为了追一只猫。正上蹿下跳中，忽然左臂就辣辣地痛起来。低头一看，胳膊生生地被铁丝刮得皮翻肉绽。时至今日还是一条蚯蚓大小丑陋的疤。每每有人问起，我就面不改色地说，是种的牛痘啊。可是，悲剧才开始，过两天，我站在板凳上自己切菜。想玩帅，就是那种手起刀落的感觉。然后一眨眼，左手手指一凉，顿时绿色的菜叶唰地就红了。我抬起手，竟然看到食指歪歪地垂着，一哆嗦还晃了晃。我怔怔了好长时间才惊天地泣鬼神地嚎啕起来——那真的不是痛的，是吓的。然后邻居李叔叔冲进来，脸也唰地白了，一把举起我冲去医院。后来指头还是保住了，医院相熟的阿姨后来给我爸妈告状：骨头都看到了啊！！

大学开始，我开始怀疑自己缺钙。也有可能是被广告给闹的。我老是走在路上就腿一软啪的一跤。有时候一段路可以摔好几次。一次雨季发大水，我更是脚深脚浅地往宿舍跑，一直提醒自己马步扎稳了。全然没用，不出意外地哐当一下，全扎水塘里。站起来，满手心满膝盖的血。我看看自己，也只好摇摇头。大二的时候，又是一起挺著名的事故。班里男生背着我往医院跑，我竟然还有心情回头看，身后血溅了沿途一路，但是自己既不觉得痛，也完全不想哭。在医院缝针的时候，医生说：侬真是下得了手啊，都见骨头了啊！（为什么这么容易见骨头？！）因此发现，其实伤口很深的时候，是不会感觉痛的。后来在宿舍吊着腿一个月，作为重点关心对象受到党团领导们的亲切慰问。这辈子也就这一次麻烦组织了。

04年去南非，作为零经验者就勇猛地参加了山地车的公路Safari。大车送到山顶，扔下我们，就靠我们自己骑回山下的驻地了。全程青天白日，应该是四五十公里的样子。出事地点离山顶估计只有几公里。下坡的陡峭完全超出我的预期。我发现车疯了一样的俯冲下去，就手忙脚乱地捏了刹车。然后……就连人带车几个前滚翻地飞了出去。我至今可以清晰地记得，手臂和脸在地面上擦出去的那个长长的位移：我坚定地相信自己是毁容了。我趴在地上，大腿还纠缠到了车的三角架里，所以以一种很怪异的姿势在地上匍匐了很久。那几分钟，四周无比安静，我使劲地睁开眼睛，觉得南非的天好高好高啊！……之后，之后，经过漫长的寂静，终于听到自己喘出的第一口气，瞬间，四周的颜色鲜活了回来。我爬了起来，甩了甩渗血的胳膊和大腿，竟然用了几个小时骑回了大本营。我的脸结了若干天血痂后，竟然也了无痕迹！

有了以上丰富的经验积累，所以面对今次意外，我可以完全淡定自若处之。扑面而下的时候，我忽然感到那个熟悉的瞬间，几乎听的到牙齿清脆的断裂声，随即满嘴顿时一股腥甜。捂着嘴的时候，我已经想到之后是不是可能需要某些上颌修补之类的手术。怎么就这么躲得过初一躲不过十五呢？不过三天后，血块淤青倏忽地退去了。对着镜子我得意地笑了……当然，除了一咧嘴，多了一口明晃晃的牙箍而已！！

Yu老师前日敬告我：说我可能是诸如“小脑平衡障碍”之类的缺陷。感谢Yu老师，原来我真的是disable的。不过好在越是容易受伤的人，自我愈合能力就随之加强。而且，对于每次受伤的应激性自我防御能力也会得到提高。

关于达尔文以及有关达尔文的其他

在离开剑桥之前看到Fitzwilliam Museum有达尔文的展览，觉得还是要去看一下。因为今年是达尔文200周年诞辰以及《物种起源》出版150周年。

昨天一个人去看电影，看到马上就要新上映的《Tree of life》，以此纪念达尔文。预告片中有一幕极为震撼，达尔文的手伸向猩猩，那只猩猩以同样的姿势将手伸向达尔文。那个定格的画面重现了米开朗基罗名作《亚当的创造》中亚当和天父手指相触的一刻。个人觉得这个镜头的寓意就是对应《亚当的创造》，终归又是本体论的问题，到底人是从亚当来的，还是从猴子来的。

十天前去西敏寺（Westminster Abby），其中葬了古往今来的3000多皇家贵胄和名家。我除了好奇，以及对凯特·波兰彻特《伊丽莎白2：黄金时代》的欣赏，非常想去看看被她杀掉的玛丽皇后的灵柩外，就是直奔牛顿和达尔文的墓了。据说这两位巨擘的葬身之地不超过2平米。牛顿很好找，大理石像斜倚在一堆书籍上，头顶的地球象征着地心引力说，还有他对数学和光学领域作出的贡献。但是我在周围兜了两圈都没有找到达尔文的碑，不得已问到寺中的执事。可能问这个问题的人太多了，他指了指我的脚下。天哪！我竟然就踩在达尔文的墓碑上！一块2平米见方的大理石，上面只有3行字："Charles Robert Darwin/Born 12 Feb，1809，/Died 19 April，1882。"连一句墓志铭都没有，我默默伫立了一阵，心中无比感慨，照当时的历史背景，牛顿作为教会的追随者，又是加入皇家学会，又被册封爵士；而达尔文作为异端一生拿猴子和天主较劲。两者的区别便是身后一个在天，一个在地。

5年前在Macquarie读书的时候，在Calvin的跨文化课上讨论关于宗教的力量。前一天在家里我的房东Jim就关于人是上帝创造的还是猴子进化而来这一终极问题和我进行了激烈的辩论。Jim用了"incredible"这个词来形容我竟然相信人是从猴子变来这种"极为荒谬"的理论；我同样无法相信这个世界上真的有人相信人是由上帝创造的，而不仅仅停留在宗教层面。我在课堂上脱口而出"It's ridiculous."这句话的时候，Calvin适时阻止了我。我后来猛然醒悟这是个多元化的场合，作为一个无神论者在众多基督徒，天主徒面前说上帝造人是ridiculous的同样是一种多么自我主观的表达。

当年的第一门主修课关于“达尔文主义”在社会学中的应用，其成为“主义，即lism”意义是远远超出自然科学的。当我站在展馆中面对一幅绘制于19世纪末期的油画前，能够感受到达尔文主义在他死后的百年中存在的强大影响力。一幅以大萧条期间一个罢工工人家庭为主题的画面：嗷嗷待哺的孩子，愁容满面的妻子，满脸愤懑但是无奈的男人。达尔文主义的核心“物竞天择”对社会学以及政治的影响在于“倡导优胜劣汰”，国家不应该以人为的政策去改变这种优胜劣汰，而应该维持社会中的这种“生态圈”自我循环：即某阶层如果不能生存，就自然而然被选择被淘汰，社会是因此而循环进步的。但是在后期，这样绝对的达尔文主义遭到了挑战，尤其是六七十年代蓬勃而起的人文主义的挑战。但是在西方质疑的同时，达尔文主义在中国却无意中找到了新市场。说到底，马克思主义和达尔文主义，也是有着道不清理还乱的干系。近三十年，中国摧枯拉朽式的大跃进，有多少是被选择，又有多少被淘汰了呢？

一个女人名叫玛丽

一个女人名叫玛丽。

听说这个叫玛丽的女人很久了。比如说，人们经常说苏格兰的玛丽；比如说，那个命运多舛，嫁了三个丈夫，死了三个丈夫的玛丽；比如说，那个被伊丽莎白砍了头的玛丽。

原来，所有的玛丽都是这个玛丽。

她生下来6天就被封了王，17岁的时候嫁了法国皇室的第一任丈夫，两年左右丈夫就生病一命呜呼了。第二任丈夫是个用心险恶的家伙。老想着将王位据为己有，还当着玛丽的面杀了一个莫须有的情敌，弄了很多是非出来。后来这第二个丈夫莫名奇妙地在爱丁堡被人勒死了，据说最大的嫌疑对象就是玛丽后来嫁的第三个丈夫，有人怀疑玛丽可能也参与了其中。这样一来也就坏了玛丽的名声了，再加上第三个丈夫又是个“Trouble maker”（不省油的灯），之后又死于非命了。

玛丽这么背运，下面一些别有用心的人就趁机想赶她下台了。她逃到英格兰，本来是想找她表妹伊丽莎白庇护的，结果被伊丽莎白关进大牢一关就是19年。伊时她唯一的亲人就是出生没几天就被抱走的儿子，玛丽在牢里不停的给伊丽莎白写信，求她放她一条生路，和她儿子团聚。但是写了19年，还是被伊丽莎白砍了头。

这就是这个叫玛丽的女人的一生。6天继位女王不是她的选择，一辈子遇人不淑不是她的所愿，和唯一的儿子从来没有享过天伦之乐，一辈子近一半在牢里度过，最后还被自家人砍了脑袋。在爱丁堡的圣十字宫有一个窗口，据说玛丽天天都在那里向上帝祈祷，可是终其一生，也没有见上帝给她一点念想。我在这个窗口坐了半晌，想搞清楚，到底玛丽的命运是取决于这些桎梏，还是玛丽的命运，是因为自己是自己的桎梏。我们总是在他人离奇的一生中说造化弄人，但是我真的想知道，玛丽在19年的怨念中，有没有想过她可能不一样的一生。

上帝在玛丽死了以后总算开了眼。伊丽莎白未有子嗣，因为血缘的关系指定了玛丽的唯一的儿子作为继承人，就是后来的James IV，同时成了英格兰和苏格兰的王，在位时还颇为盛世。儿子当权后，终于可以对母亲尽孝，修了美轮美奂的灵柩，就在西敏寺，而且比伊丽莎白的还要华美。

可是，人都死了，又有什么用呢?

做女人，千万不要叫玛丽。

Tattoo这点事

我得说，我想纹身这件事想了很久了，久到有一个十年那么长。之所以迟迟不下手的原因简单而朴素：第一怕疼；第二没想好纹什么。然后忽然抬脚就去了原因也简单朴素：第一现在我不怕疼了；第二想好纹什么了。

娜达莎问我说Joy你妈妈同意么？娜达莎是这里第三代华人了，虽然中文有识听也有识讲，但是看她担心的小眼神，可见家教还是甚严的。她不知道沪上风化早开。切，对于我的种种行径，我老妈什么没见过？什么打击受不得？

之所以选择Hindly Street那一家是因为店内设计实在很酷。具备暗黑，冷器，潜暴力，图腾，宗教，朋克的所有关联因素。说实话店主小哥见我第一眼是非常质疑我的诚意的。是的，一个穿着不长不短的连衣裙，蹬着不高不低的中跟鞋，留着不长不短的中长发，眼神不犀利面容太柔和的中国女人，走进店里就是一个大写的“非我类”。不过接下我的Tatoo：
“SE7EN”.

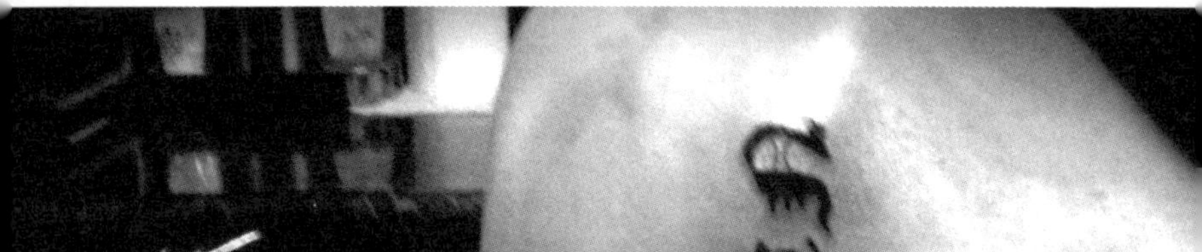

来我在一分钟内就清晰地表达了我的诉求：包括字体，图案，位置，大小，小哥立刻就安心了。然后我就趴在一只大蝎子的怀抱里：工作室内有两把极其醒目的椅子，一只疑似蝎子，一只疑似蜥蜴。它们张开温暖的臂膀拥抱你，说，来吧，我们是同类了。后来才知道都是店主自己打造的。

我必须得承认，听到钻头滋滋作响的时候，我头皮还是些许发麻的。我挣扎地用可怜的眼神又问了小哥一遍："你说过不疼的噢？"小哥安慰我，不疼不疼，话落掀起上衣，给我看他满身上下的一幅作品："你看，我这个整整纹了两天，一点都不疼。"他这样说毕，我已经完全！不信！他的话了。我掏出iPhone，开始看某穿越小说。所谓人为刀俎，我为鱼肉，何况是我送上门来让人切割。

现在，我必须说，还真的不是很痛。潜意识的痛感可能要远大于肌肤真正的痛感。每一次感到钻头靠近皮肤，全身肌肉都会不可抑制地收紧。潜意识的小恶魔不停地怂恿：好痛啊，放弃吧！凭借大蝎子的气势，小恶魔很快就被踢走。穿越小说一半没看完，左后背的就已经接近完工。不过这是个力气活，小哥显见地力不从心了，反过来试图游说我另一个低腰的图案第二天再继续。但是我已经较上劲了，义无反顾地说今天都做完吧。于是换了另一个大叔继续钻研。期间不断进进出出若干同道中人。当然，其魔幻程度远超于我。

大家热心地围着我这块新鲜“鱼肉”七嘴八舌，热烈地评点“手术”的技巧和可观赏度。嗳，多么温暖的大家庭。

一个星期过去了。必须说，我非常满意，除了一周以来不能靠，不能躺，不能仰睡，不能剧烈运动，不能游泳，防止过敏，防止发炎，防止感染……种种以外，我真的很满意！

手是用来干什么的呢

老实说，这不能算一个标题，但是我还是很严肃地写下这个标题。

我在英国流浪的第二阶段投靠的是MS和Sam。MS是我悉尼的闺蜜，Sam是她在伦敦邂逅的先生。

从西边搬到南边了，MS从利物浦车站接了我，然后一路向南，她和Sam传说中的白手起“家”就呼啦地在我面前。

好男人Sam已经在他们家长长的吧台上像花艺师一样摆了满满三大盆菜肴。我在心里勉为其难地想，嗳，这是我一天的饭量啊！然后，Sam的演出正式开始了。

英国人Sam首先很认真地唱了一首中文的流行歌。他说为以后可能的卡拉OK大赛作准备。然后他就很认真地翻卷着舌头唱：shi念~~si念~~。一旁MS打着拍子循循诱导。我立即抢答：是王菲的吧？MS说，不是很确定。然后Sam终于把“思念”之后的几个字蹦达了出来：“shi念是一种病...”我大乐：你会唱张震岳的歌啊？总之，幸好不是“把我的照片还给我。”

第二个节目：MS又拍着手鼓励道：“来，表演一首诗。”我叹到，诗啊！Sam立马精神抖擞起来。我充分做好了“司马缸砸光“的心理准备，甚至摆好了大力鼓掌的姿势。然而，我明显低估了一个英国人对于诗的解构能力。我羞愧地发现我竟然不能响应Sam辛辛苦苦为我朗诵的整首诗，因为其一，被肢解成若干单音字节后，我就茫然了。其二，在MS用标准中文重复了一遍，我彻底无地自容了：一个颇为自负的中国文科女竟然在中文古诗词一役惨败，而且还是败在一个英国人和半个中国人手下。掩面！

Sam意犹未尽，又练习了一句号称非常“有用的中国话”。我问，什么呢什么呢？Sam表情严肃起来，用标准地平仄四声念到：“手是用来干什么的呢？”我愕然的样子，哪跟哪儿呀？如果说“非常有用的话”，您想在中国通行无阻的话，即便不是“您吃了么”，也至少是“谢谢侬”之类的吧？我想了一下说：你知道么，Sam，你这个问题很philosophy的（哲学），好像在探讨人之初之类的，好像在欧洲有这种传统噢，比如一帮哲学家聚在一起讨论“针尖上能站几个天使之类的问题。”然后，我就充满好奇地等着另外一个鞋子掉下来，等Sam揭开谜底：“手到底是用来干什么的呢？”Sam依然一脸认真严肃，缓缓地用抑扬顿挫的中文说：“手是用来被烫的！”我瞬间被打翻在地，半天没有爬起来，这是为什么呢为什么呢为什么呢？Sam认真地解释说：一个大厨师傅教训徒弟，手是用来干什么的呢？手就是用来被烫的！！！说完，Sam默默看了一下自己的手。

约两小时后，我发现我把满满一盘子包含了面包，烟熏三文鱼，生芹菜，（浓烈的）奶酪，阿拉伯豆角浆，小番茄，某不知名色拉，尖头红辣椒（充满填充物）等等等等，据说是经典英伦黑暗料理消灭得干干净净，然后对自己未来的一周顿生无限忧虑。

再约两小时后，我和MS用不全的五音唱着一些来源不明的歌，Sam手忙脚乱地拨弄着他的吉他试图努力跟上我们地节奏。我们乱乱地唱着，乱乱地跳着，乱乱地笑着。在摄像机的镜头里，我看到上海那个拉不开窗帘的黑屋子终于透进了一道光。

在英伦继续流浪中。感谢上帝拉开窗帘，让我看到这些人间美好的人和事。

世界是平的

"我正站在印度南部班加罗尔（Bangalore）城市中心KGA高尔夫球场的第一杆的位置。我的搭档告诉我要对准微软或IBM的时候，他指的是远处第一洞之后的两栋熠熠生辉的玻璃钢材建筑。"

——《世界是平的》by Thomas Friedman

好吧，不是我站在Bangalore的高尔夫球场上，而是弗里德曼。前几年，这本书火得不像样的时候，我总在飞机上把这本书当作睡前读物。因为若干次从第一页翻起，我的脑海中深刻地隽永了这幅画面：印度班加罗尔的玻璃大厦中皮肤黝黑的IT精英们，胸前挂着各大公司吊卡，在此起彼伏的印度英语中穿梭。

我之所以脑海中再次浮现起这幅画面，是因为我正坐在麦当劳的桌前，面前是一个刚刚拆封的"3"公司（"3"是和Telstra，Vodafone并驾齐驱的通讯供应商）的无线网络驱动USB，以及无线宽带的使用手册。而我的通话对方，是一位已经“帮助”了我近一个小时的“3”公司Service Centre的工作人员。

她问候了我下午好！

她征询了我介不介意回答她的若干个问题；

她询问了我的姓名，年龄，职业，联系电话；

她询问了我购买设备的型号，颜色，标示号码以及用户号码；

她询问了我的用户名，用户密码，用户PIN；

她又说安全起见我需要设置若干问题和答案；

因此她又问候了我母亲，以及我母亲的姓氏以及我的宠物的名字～当然，如果我有的话；

……期间我小心翼翼地问了一下：我真的只需要激活我的帐号而已，小姐，我现在做的所有的这些事情真的只为了激活帐号而已么？我为了确保我正在做正确的事情；

小姐斩钉截铁地说：没错！！

因此她继续询问我买的设备的价格，以及相应的package；

她继续询问我清不清楚现在的package里面的优惠

项目；

她继续询问我是不是需要充值，如果我不充值就不能激活；

她继续要我提供我现居住的详细地址以及邮政编码；

……！！！

……！！！

压死我的最后一根稻草终于来了：

我说，我住在North Terrace。她说：请拼写……

我说：Adelaide。她说：请拼写！！！！！！

她没有要求我拼写澳大利亚！！

我瞬间明白，我是在和一个隔了半个地球的班加罗尔的“3”公司的外包Call Center的一个格子间里的一个戴着耳机的假设美丽的印度女孩通话。

我瞬间明白，在我挣扎在她的印度卷舌英语一个小时内，她也一定挣扎在我的上海平舌口音英语中。所以我们互相pardon过来pardon过去，相当惨绝人寰。

“印度成为美国和其他工业化国家服务和信息科技的外包地……在班加罗尔，年轻的印度工程师，不管是小伙子还是姑娘，轻快地在楼和楼之间穿梭，胸前悬挂的ID卡来回晃动。一位年轻人看上去能处理我的税收申报，另一位似乎能修我的电脑，再一位也许设计了我的电脑”（Thomas Friedman）。当然，还有一位，经过了长达一个小时的电话战争，终于帮助我成功激活了我的“3”Account！！！

阿德莱德是个城

如果平心而论的话，阿德莱德是个漂亮的城市。尽管我在心里诅咒了千万次，并且试图想尽办法逃离这里。

经过了2天43 ℃的高温后，我往脸上抹了三层防晒霜，捯饬完毕准备出门了。

巴士是半个小时一班的，不过，我已经决定：开始很～缓慢～很～缓慢地做任何一件事情，如此这般才可以将每天的时间填满。从上海到阿德莱德，就是一部电影分快帧播放和慢帧播放。

（一）

巴士大叔和眉善目的，很澳洲佬的型格。

我拿了3刀，说：我到city。

巴士大叔收了钱，说：还有司机的小费20刀。

我微笑：真的啊？

巴士大叔严肃地说：当然。

我拿出一张20刀的票子：小费好贵啊！

巴士大叔夺过20刀，塞进上衣口袋。严肃地说：谢谢。

我求饶了：麻烦您找我钱吧，不要玩了。

巴士大叔面不改色：不开玩笑，周末小费是这么多啊！

车厢里的大爷大叔大妈大婶已经开始笑出声了。

我苦着脸说：别让我站在这里啊，很尴尬啊！

巴士大叔兀自岿然不动。

我投降：好吧，您就收着吧。我撤了。

我转头找座。观众们都对我笑，我只好自己找台阶下，说：周末愉快啊！

随即开始狐疑，难道阿德莱德真的周末司机小费要20刀么？

10分钟后我再次站到巴士大叔旁边：我到站了，要下了。

巴士大叔作惊讶状：你还在啊，我以为你躲在哪里哭呢。

我高兴地说：哪能啊，我笑都来不及呢。

巴士大叔将20刀塞回给我，说：和你开玩笑呢。

我严肃的说：25刀。

巴士大叔开始不确定：你确定你给我了25刀么？

我继续严肃地说：20刀存你这里，5刀利息。

巴士大叔哀鸣一声：你知道银行现在的利息是多少么？

0.01啊，等于0！！

我开始笑：我很同情你。

巴士大叔赌气说：你才没有！！

我愉快地收回了20刀后，巴士大叔拍拍我：你笑得很好看。大家都要开心，每个坐我车的人都会很开心！！Have a good day！！

Have a good day！！是很开心呢。走在路上的时候，忽然想，这算是逗我玩呢还是sexual harassment呢？如果是哈里郑同学，一定认为是后者了。好吧，反正我也算反harass过了。

（二）

我一直很质疑澳洲各种政策运作的原则：就是在条款上最大限度地完善后，希望公民们能够自动自觉地执行。所以到大部分的衙门，你可以看到少少的人，多多的设备：请自己上网查询，请自己拨打查询电话，请自助查询相关文档。但是！但是，以我们在祖国多年培养的智慧，我可以找出若干条不在“条款”之内的条款。这让我很纠结。

所以，这已经是我第三次在移民局的问讯处柜台了：据说我需要来报到一下告诉他们我到了。

官员男40岁上下的样子，样貌周正。我决定好好周旋一下，一下午的时间要打发呢。

我说：我上周已经来过了，我想确定一下我的永居事宜。

官员男拿着我的护照翻了下：你的证件上没有特别的要求说你一定要住在哪里。

我暗喜了一下，告诫自己冷静：但是我电话了墨尔本，他们说我需要住在这里。

官员男狐疑，然后帮我查电脑：……是的……是本州政府sponsor你的，原则上你不能到别的州去工作。

我真诚地望着他：我不去别的州工作，我也不在本州工作。我念书，原则上我不占用其他州的工作机会，相反我对澳洲教育产业作贡献。所以我可以去别的州上学么？

官员男继续狐疑，继续望着电脑核对条款。我好心提醒他，我之前已经把这个条款都看过了，里面没有限定到底我是否可以在别的州念书。

官员男腼腆地笑了起来，点头同意我说，“是啊，这个条款确实没有……咦，你吃的是什么口香糖？”………我晕眩了一下，我在阿德莱德见惯了这种漫不经心，思维跳跃，或萌或宠的公职人员。我淡定地从包里拿出哈密瓜味道的木糖醇，说：你要来一粒么？

之后，从办公室里分别出来了甲，乙，丙三位同仁，团团围住官员男。仔细分析电脑上的每个条款所代表的准确含义，依然未果。

官员男已经开始纠结到出汗了，我再次好心地提醒他，要不你把申请表给我，我看一下上面有哪些必要的证据提供，我反过来核对条款行么？

官员男雀跃起来，大松一口气说：这个就容易多了。立马抽出表格出来给我。

这时候一个看起来更资深的女职员走过来。估计知道我这个麻烦鬼的诉求了，扫了一眼我的资料，斩钉截铁地说：没错，你要住在这里。

我问：读书可以吗？

答：没说不可以读书。

问：那可以去其他州读书么？

答：没说不可以去其他州读书，但是你还是必须住这里。

我渐抓狂：我难道每天打飞的上学么？

问：那我可以任意旅游么？

答：没说你不可以任意旅游，但是你还是必须住这里。

我决定放弃了。我决定不再为难那个已经快笑出声来的官员男了：好吧，我决定住在这里了。

官员男竟然站起来，紧紧和我握了一下手，说：谢谢你，我们终于把这个问题解决了！！Have a good day！！！

Have a good day！！！！

那些在Rundle Mall上玩闹的人们

我住在Rundle Mall的楼上，就好比说我在上海住在南京东路，我在北京住在王府井，我在成都住在春熙路，我在武汉住在江汉路。

我总觉得全阿德莱德的人每天都无所事事地晃荡在Rundle Street。我总是从西往东走，迎面碰上一个人；然后从东往西走，又碰上这个人。所以我由此推断全阿德莱德的人，都在这条街上漫无目的地来回打转……其中包括我。

在Rundle Street上基本有两种人：一种是看人的人，一种是被人看的人。大家嘻嘻哈哈，少不正经，共同努力的打发着时光。

那些被人看的人有些是职业玩家，有些是友情客串，还有些……怎么说呢，我觉得是出来练胆子的。

大叔A是练魔术的。玩的把戏和刘谦差不多，就是来回摆弄三个杯子，然后几个小球来回出没在几个杯子里。但是

我总觉得全Adelaide的人们每天
都无所事事地晃荡在Rundle Mall上，
而我是有多热爱Rundle Mall，
和这些在Rundle Mall上玩闹的人们。

大叔的人气一直很鼎沸。我觉得主要原因是大叔能吆喝，嘴上功夫大大优于手上功夫。大叔经常问一下，听的懂英文的人举手，半数的人呼啦地举了手。于是，大叔就开始体贴地分别用法语，德语，西班牙语，葡萄牙语，阿拉伯语，进而细分到爱尔兰语，威尔士语，最后以苏格兰语结尾……带有绵羊颤音的。

大叔B和大爷C，至今我没有弄清楚他们是不是连裆模子。大叔B有明显的印第安人血统，吹着一种类似排箫的乐器。有时奔放，有时幽怨。大爷C年愈古稀，以他鲜明的舞姿独步Rundle Mall。他总是悍然地伸长胳膊指指天指指地，然后同手同脚地做出骑马奔腾的姿势使劲蹦跶几下，然后下蹲，吸口气，跳起来试图在空中转个圈。说实话，我每次看到他转圈，我的心都提到嗓子眼怕他转到一半摔下来。我开始以为大爷是无心插柳的。后来第二天，看到他换了件衬衣又在那儿转圈，第三天又换了件衬衣继续转圈。

帅小伙D是弹电子琴的。长发披肩，每次弹到嗨处就拼命甩头发。我一直没有原因地痴迷长头发的男人，所以我连续几天就坐在帅哥旁边，一边上网，一边看他甩头发。帅哥琴弹得很好，经常路过的人都会对他竖竖拇指，嚷嚷一句“Good job mate！！”类似于“干得好，哥们”之类。他就抬起头，一脸天真烂漫的感激。一天边上几个很朋克的家伙，跑过来，拿了根棒棒糖，剥好糖纸塞到他嘴里。然后几个含着棒棒糖，顶着鸡冠头，满脸钉着铆钉的善男信女围着含着棒棒糖的帅哥开起锐舞派对，齐齐嗨成一片。

吉普赛小哥E疑似中国人，或者蒙古人，或者韩国人，又或者日本人。总之细目长眼的，全身披挂着纺织品，头发纠结地散在肩上。小哥一直保持很矜持很害羞的笑容。玩的把戏也很东方，很密宗：他盘腿坐在地上，手心托着一二个不等的水晶球。然后水晶球奇异地在他掌心中疑似离心状态的漂移。小哥念念有词，水晶球就漂啊漂的，在太阳底下熠熠生辉发射出圣洁的光芒。一日傍晚，街上人都散了，我从超市买面包回家。忽然看到小哥和另外两个土著在一起自娱自乐弹琴唱歌，还是眼睛眯眯的，笑得很圣洁！

男孩F。唉，说到这个可怜孩子，我只能叹气。走过David Jones的时候，就听到吱吱呀呀的琴声。看到大家饶有兴趣地围着看，小男孩六七岁的样子，和面前的乐谱差不多高。男孩一板一眼地拉着……咳咳，我的意思其实是：努力让琴发出吱吱呀呀的声音。他满脸的惨淡愁云，唉，那叫一个不高兴。但是周围的人就更高兴地看着，很是不让他罢休的架势。小男孩眉头锁得更紧了，嘴角一撇一撇的，都快哭出来的样子。我同情地往周边张望，看看监视他的爹妈躲在哪里。终于拉完了一曲，大家纷纷拿铜板以示鼓励。我拿了

2刀小洋放入Box的时候，真想捏捏他的小脸蛋，对他说：亲爱的，你可拉得～～真够难听的！！！

Rundle Mall上还有踩着高跷跳来跳去吓唬人的袋鼠人；还有坐在地上用塔罗牌帮人“看未来”的算命大妈；还有拿几个高尔夫球扔来扔去的“表演艺术家”；还有我老是光顾的咖啡店，那个看上去总是很生气，然后板着脸叫你“亲爱的”开始，找钱给你叫你“甜心儿”结束的俏妞。

最后，今天在我坐下来写这篇博客之前，迎面走过来两个金发碧眼的小女孩对我说：Hi，你能给我2块钱坐巴士么？那要求得叫一个理直气壮，那要求得叫一个青春逼人……我竟然就被灌了迷魂汤一样地掏了钱。

我是有多热爱Rundle Mall，和这些在Rundle Mall上玩闹的人们！！！

关　于　Didi

我们去澳洲北领地的队伍“Heading Bush”其实是“八国联军”，我是唯一的中国人，确切地说，唯一的亚洲人。

他们试图过发音我的中文名字，很快就放弃了。“还是Joy容易得多。”他们说。

Didigeridoo是澳洲土著的一种很传统的乐器。取材空心的长长的树干，运用空气在树干中流动所发出的共鸣声演绎特定的一种韵律。由于吹起来发出的声音是空空的“di-di-ji-do”，所以名字就叫做Didigeridoo，你们知道，澳洲土著的文字和火星文基本差不多。我们的领队Gus有一根漂亮的Didigeridoo，乌黑发亮，手感如凝脂。后来他说是中部很有名的一个土著音乐家送他的。Gus自己也能吹得很漂亮。空空况况滴滴答答连换气都不带的。

那天我一如既往秉着热情好学的精神问Gus：“那个，那个‘Didi-gradoo…’”Gus满脸狐疑：“What？”我又费尽地用小舌音翻滚了一下，Gus还是一脸茫然。偶沮丧地说："就是土著人抱在怀里像烧火棍一样吹的那根东东。"澳洲人Gus和Dan看了我两秒钟，笑得前仰后翻。把Didigeridoo和Didi-gradoo两个音来回的绕口令。Gus惊奇地说，咦？怎么被你想出来的这个发音？然后大家经过热烈讨论，一致认为Didi-gradoo的发音更加人性化：在舌尖跳跃的更加轻快，更加朗朗上口。从那一刻开始，Didi成了每天频率最高的一个词，同时衍变出无数复合词：

"Didi，去不去Didi-pool？"——意思是去游泳么？

"Didi，不要忘记你的didi-Bottle"——意思叫我不要忘了水壶；

"Didi，我们要开始didi-dip"——意思是当心有上下坡了；

"Didi，见到劳拉没有？要去didi-dig"——意思是要去方便一下；

"Didi，holly shit！！ 这么大个didi - hole！"——意思是TNND这么大一个洞！！

"Didi，didi-gaga，didi-rock，didi-butter，didi everything……"

后来Didi-就变成一个可以任意使用的前缀词。

后来就没人能够记得Didigeridoo了。Danny Boy一天忽然说：上帝，didi正确的应该怎么说来着？？？！！！

后来，我们在Kings Canya悬崖回音壁全体吼叫："Didi-Gra-doo—"，山谷里就"Gradoo—doo—doo - doo"回响起来…。我们那叫一个兴奋！

再后来，我们到哪里都跟人普及："请说Didi-gradoo"。

再后来，我被叫了整整10天Didi后，他们极其认真地给我提了建设性要求，认为我实在应该改名叫"Didi"，因为我实在很"didi"，实在没人比我更适合这个名字。

最后一天，大家为我做出的卓越贡献一起欢呼了Didi并合唱了Didi之歌！

"Didi，you rocked not only my world，but also the whole group！！"Jan在给我的留言里这样说。

（附注：经过Gus和Danny的不懈努力，我已经可以用烧火棍吹出像模像样的Didi声了。Yi-Ha！！）

关于劳拉

Gus负责我们的一路上的吃喝拉撒。不过我觉得他对我们的拉撒要比吃喝更加上心!

除了我们十一罗汉，其余家庭成员还包括：比利——一只见谁跟谁腻歪的狗；好家伙鲍勃——装了我们所有行李和物资的拖车；还有劳拉——一把身高在1.7左右的铁锹。

Gus第一天就把劳拉隆重地介绍给我们。伊时刚好上路不久，Maria忸忸怩怩了半天才启口对Gus说："Gus我可不可以上一下'洗手间'？"Gus说，当然可以，然后就咣当把车往路边一靠。满眼望去，是杂草不生的黄土地。Maria继续扭捏地问，"个么，哪里可以上洗手间呢？"Gus大手一挥，哪儿都可以啊，这么大的"洗手间"！以我的想象力，我可以清晰地看到citygirl Maria小姐的脸色由白转青，密密地顺额头淌下三条冷汗！

但是！但是！！在荒郊野岭用洗手间可不是这么件容易

Gus, Maria, Billy. Bob.
& Laura.
还有我.

的事情。Gus是一个极端的环保主义者，关于上厕所他有一套极其严格的条例：

1. 你可以选择在荒野中任何一个地方如厕，只要不是在公路中间；
2. 你一定要带上劳拉。用劳拉挖一个坑。记住，是坑！然后蹲在这个坑上解决问题。然后再用劳拉把你解决了的问题“深埋”；
3. 你不可以把厕纸在荒野中乱扔，连用劳拉埋都不可以。因为动物会有可能刨出来，还是会影响环境。所以你必须把厕纸带回来扔在专门车里的一个垃圾袋中。

Gus身体力行，并且严以律人。只要看到有人往灌木丛中跑，他就要提醒你：“别忘了劳拉！”。不多日人人都已经和劳拉“有过一腿”，几个男人不无暧昧地相互探讨：“劳拉怎样？”

我和Maria两人私下对劳拉都不以为然。两人都在Gus的眼皮底下玩猫捉老鼠的游戏。一日清晨，我猛然从满世界找厕所的梦中惊醒。天色蒙蒙亮，我从车顶俯视下去，（前夜被满地斗大的蜘蛛骇到头皮发麻，忍到半夜逃到车顶去睡），遍地是横七竖八的睡袋和此起彼伏的鼾声。我心中暗喜，轻快地跳下车顶一路小跑欢快地奔向灌木丛……10分钟后，心满意足地返回组织。“叮~~~~！”一回头我的七窍被吓掉三窍！Gus毛发直立，双目炯炯地像门神一样挡在我面前。

“嗨！”，我故做谄媚地和Gus问早上好，被Gus一眼识破：“Didi，you feel guilty！”（他说我心中有鬼！）我一扯脖子：“我才没有！！”

“那干嘛去了？”Gus不依不饶地：“劳拉呢？”

“我不用劳拉。”我小心虚一下，不过不甘心：“我去嘘嘘，所以不用劳拉！”（8天过后，我们所有人都可以脸不红心不跳地使用这些不上台面的词。）

“不用劳拉，那你也要用纸啊！纸呢？带回来了吗？给我看看！”

我顿时那叫一个欲哭无泪啊~“%¥¥&^%$#@*&”~所有可以问候他老丈人的话都想用上了。

一个上午，Gus见了我就说：“Didi，you guilty！！”

嬉皮小镇奇遇记

从悉尼去拜伦湾路经Nimbin。Nimbin是远近有名的嬉皮镇，非常与众不同。我一直对六七十年代的次文化迷恋不已（尤其是形式）：比如Hippie，比如Punk Rock，比如还要再早些的Swing。一次去看关于20世纪的设计展，忽然发现几者的共性在于：新自由主义，anti mainstream（反主流），毒品，性自由。我拿这几个标签贴了一贴，觉得自己很不搭调。在Heading Bush的时候，荷兰的Jan（当然在这几方面荷兰一直是身先士卒的）说，Didi，你的型格很Rock啊！他是指我穿Van Halen的T恤，破烂的牛仔短裤和雷朋黑超。我只好承认，我其实对重金属摇滚乐没有如此真爱。我说过，我有时候只是很形式感。

Nimbin的大街上满眼晃来晃去衣衫不整（或者褴褛）的男男女女老老少少。当然，无欲是Hippie的要旨之一。比如说顶多穿了巴掌大块布，然后把破布撕成一条条做发型的大姐；比如说带顶鲜黄的贝雷帽，一个人凋零地坐在台阶上抽烟，忽然就爬起来独自鼓掌的老头；比如说貌似破败，浑身上下披麻戴孝，细节却无一不呼应的嬉皮男。走过主干道的时候，我被一阵阵袭来的浓烈的味道（我可以非常确定是若干天不洗澡后产生的体味）熏到窒息。我再一次认识到自己某种主义的不彻底，我努力说服自己，这不是脏，这是嬉皮的要义。整洁一般是代表了主流的中产，嬉皮主义当然是不能太整洁的。

街中央有一家公开的Hemp店（大麻店），还有Hemp Bar（大麻吧）。橱窗里陈列着大麻原叶和制成品。大量的海报为大麻正名，呼吁政府同意合法种植大麻。店内更有一个小型的博物馆，关于大麻的植物学，地理学，历史学无一不全。我忽然发现我最爱的食物之一菌菇竟然是可能的致幻剂，暗暗吃惊了一下。觉得可以有理由解释我偶发性的反主流行为：原来是都是蘑菇惹的祸！柜台里还有非常可爱的烟嘴，引发了我一秒钟的冲动：没有尝试过hemp的人生是不完整的么？不过再一秒钟过后，我便认识到导致我人生不完整的远不止没有尝试过hemp这一件。因此，就讪讪地放弃了。

还是回到咖啡因来提一下神。走进这家咖啡店的时候，我就觉得不怎么对劲。店里空无一人，我扯着嗓门嚷嚷了半响，从柜台下面颤颤巍巍地探出一个脑袋：一个扎着16岁羊角辫，穿着26岁的花裙子，年纪约66岁的老太太。不过，这是Nimbin么，没什么大不了。老太太两颊通红，费力地用手撑着柜台。这让我担忧起来。我说您没什么事吧？她看上去像刚从地上爬起来的样子。老太太连连摇头说她很好，但是还是撑着柜台一动不动看着我。我迟疑地说我想要两杯咖啡，一杯摩卡，一杯拿铁。她笑着说好好，从旁边抓了两个杯子。然后迟疑地看着我说，你说你要什么？我进一步狐疑地说：摩卡，拿铁！老太太抱歉了一下说，看我这记性。然后摸摸索索地帮我做咖啡。半晌，两杯咖啡端到我面前，我踌躇地问到：哪杯是摩卡，哪杯是拿铁呢？老太太又困惑地问我：你要的是一杯摩卡，一杯拿铁么？我的热血向脑门冲了两秒钟后，决定放弃了。我说没关系，一切都没什么关系！然后极其迅速地撤离。

我坐下开始向HL，MS她们说咖啡店的老太太莫不是刚刚嗑着药呢。MS妈妈嗤之以鼻地说，哼，这个大麻镇！！我们一边吃着蘸奶油酱的三角薯块，一边对大麻镇指手画脚一番，抒发着一些这样或者那样的感慨。周围三五成群的少男少女，拿着冲浪板，一派生机盎然。地上躺着一条哺乳期的大黄狗，懒散地晒着太阳。栏杆外面疾驰过一辆老爷车，一群赤裸着上身的男人呼啸而过。我说，这真的是非常非常的“Nimbin”啊！话音刚落，听到一声“打扰一下，”旁桌那帮冲浪男孩中的一个站在我们桌边——我必须要补充说明一下：非常阳光，非常漂亮的一个男生——礼貌地问我们，他可以要我们吃剩下的那盘薯块么？在大脑空白了2秒导致的2秒静默后，我们几个立马热烈地说，当然！当然可以！然后把另外两盆剩下的鱼和薯条一并给了男孩。男孩高兴地谢了我们，拿到一边风卷残云去了。

半晌，我回头对HL，MS他们说，这个，这个，真是非常的“Nimbin”啊！！

（后记：2014年的一天，看到新闻。Nimbin的大麻博物馆毁于一场大火，不知道隔壁的那个少女奶奶可安好否。）

碎　　片

好几天不想写东西。懒的。

开始想写点什么。因为失眠。

拼命看碟：伊斯特伍德的《神秘河》（Mystic River）有我喜欢的肖恩潘和蒂姆罗宾斯。电影的主题是关于“Burden and Consequence”（枷锁和因果）。每一个人都有无形的枷锁，有的人因此一生步履蹒跚；每一件事都会由因而果，某一个瞬间不过是还多年前的一笔孽债。以为努力让人生U型转弯，末了还是脱缰冲向宿命的终点。

新年里看到第一个八卦是蒂姆罗宾斯和苏珊萨兰登分手。蒂姆51岁，苏珊63岁。两人共同生活23年。看到媒体用“Shock Split”作标题档。

在书店闲逛。看到Eliz最新的书上架《Committed》，还未有中文译文。开始窝在沙发上看小莉同志继续被迫全世界游荡。这次去了越南，在一个村庄里得出了关于幸福的结论：大部分不太幸福的女人，就是因为费了太大的劲去弄明白什么是幸福。但是我觉得我和小莉的通病在于，活了三十多年后，大脑已经不受制约地对探索幸福充满了自发的执着。这可真让人沮丧。

去山上Silvana家小住了两天。Silvana是Gino的妹妹。Gino是做音乐的，Silvana是画画的，他们在瑞士的哥哥是弹钢琴的，Silvana的女儿是演戏的……嗳……瞧这一家子！！他们老是鼓动我扎根在阿德莱德，浑身解数地诱惑我。Silvana说：Joy，你可以用我的工作室学画和雕塑。Gino说：Joy，我可以教你弹琴（我去了一次Gino家，完全被他几千张碟和几十种乐器震惊住），还可以教你烹饪……我心存感激，但是，但是！我知道这还不是一个我可以当作是“家”的地方，远远没有。

Heading Bush的小伙伴Dan说他回到了阿德莱德了。在火车站门口看到我就欢快地大叫一声“Didi！！”嗳，已经多久没人叫我Didi了。从Rundle Street一路到西岸大街换酒吧泡，喝到胃都痛。Dan boy上一代是荷兰移民，他是土生土长的墨尔本人。但是因为工作的关系，他“settle down”在阿德莱德，可能又要搬去珀斯。Dan boy说Didi如果我有喜欢的女孩子了，我就“settle down”了。我说，Hobi很可爱呢！Dan boy竟然脸红了。Dan确实是一个害羞的大男生，他喜欢我们小伙伴中的一个女生叫Hobi的。Hobi每天晚上都写日记，Dan每次都佯装经过："Hi，Hobi cat，今天有写我么？"所以，其实全天下的人都知道他喜欢Hobi妹妹！

所以，我们在幸福的时候，充满了憧憬地希望幸福地settle down；我们在不幸福的时候，迫切地希望settle down可以带来幸福。

我又不可抑制地对幸福进行了又一轮探索，所以，看着幸福离我又渐行渐远了一公里。

别和德国佬较劲

最后还是从德领馆撤签了。是“撤签”，不是“拒签”。

这个故事是这样的。

其实，我要去的是西班牙。然后K同学给我灌了迷魂汤，我就晕头转向地撞向德国领馆了。反正都是申根签证。我们的计划是从德国入境，然后去荷兰，比利时，奥地利等。然后K同学打道回府，我直接往下去西班牙。

先是预约当面递交材料等了一个星期。我想这是可以理解的，尤其是他们的电邮回复得相当快，尽管很可能把你的面呈时间安排到半个月后。

接待我的是一个年轻的眼镜同胞。根据我丰富的签证实战经验，其实我的材料是非常详实，有逻辑的。以下是我和眼镜的对话：

眼镜：你去德国干什么？

我：旅游啊。

眼镜：旅游？要旅游三个月么？

我：是啊，是准备旅游三个月。

眼镜：你要实事求是地回答我。（好熟悉的语言体系！）

我：（语噎）我就是实事求是地回答你，我真的就是纯旅游。

眼镜：（仔细打量了我一眼）老实告诉你，（好熟悉的语言体系！）我们这里3个月的旅游是非常非常罕见的。所以，你最好能如实告诉我。而且，你的公司真的可以给你3个月的假期么？

我：（友好地）公司的准假信都在这里。因为我服务公司的年限非常长，长达13年。所以我申请3个月长假休息一下，公司是认可的。（内心独白：公司给我3年假期都没问题。）

眼镜：但是，这样你需要在德国旅游3个月么？没有其他任何目的？

我：（内心独白：你要是这么逼我，我只好扯了）我真的主要是去旅游。如果一定要有其他目的，我顺便去考察一下我们在德国以及其他欧洲国家的客户产品市场。（对我来说列举这些客户易如反掌。）

眼镜在电脑一一记录在案。他终于满意了。有时候事情真的是这样的，你不想撒谎，但是最后一定是被逼着撒谎的。

接着，

眼镜：你要提供三个月所有的酒店预订。

我：What?（内心独白：哥哥，你不是认真的吧？）但是我不可能把三个月的酒店全预定了。您知道都要押金的，我也不可能三个月所有计划都一成不变呀。

眼镜：对不起，这是我们这里的规定。

我：（挣扎了一下）我的签证记录：之前在法国，意大利，英国，都是两三个月。都没有需要我必须预定所有的酒店记录。

眼镜：（愉快地）那请你去那些国家申请好了，我们德国是这样的。

*&^%$#@！我可真想问候他大姨妈。

最后，眼镜翻到我的PR页，给我了个忠告：

眼镜：你为什么不把护照换了，这样签证容易多了。

我：（真诚地）您要知道，现在签中国签证更不容易！

眼镜的表情顿时友好多了，我们互相心照不宣地微笑了一下。眼镜还是执着地给我一张单子，要我补齐所有的酒店预订。

我准备较一下真。我用了3个小时在线做完了90天近10个国家20多家酒店的预订记录。当然还没有付款。然后在五一长假后又雄赳赳气昂昂地挺进德领馆，这次接待我的是一个20多岁的小妞。

小妞：你补交什么材料？

我：酒店预订的记录。

小妞：（迅速浏览了一下所有的材料）你要去德国3个月？

我：（内心独白：又来了！！！）没错，要去德国及其他欧洲国家3个月。

小妞：只是旅游，没有其他事情？

我：（内心独白：又又来了！！！！）没错，只是旅游。

小妞：（目光凌厉地）你要知道，我们这里申请3个月的旅游是非常非常罕见的。虽然我们的条例上是有这个签证类的，但是审核会非常严格。

我：（内心强烈独白：TMD，你们还有没有点新鲜的？罕见您也得见见啊！要不您别列在上面啊！）我知道罕见，但是我确实是申请这个类别！

接下来，小妞开始检查我所有的酒店记录，她！真！的！是！一天一天地！！对着日历审核！！！Oh，MYGOD！！

10分钟后，小妞把挑出来的日期指给我看：你在佛罗伦萨住到5月30号，6月1日住在罗马。那么，“请问你5月31号住在哪里呢？”

我羞愧了！我轻敌了！我忽视了我的对手是德国佬！！！我打心底痛心疾首了！

然后，小妞不紧不慢地又对我五雷轰顶了一番：

小妞：第一，你需要把所有的酒店每一晚补齐；第二，从现在起你不可以更改任何一天的记录，也就是，你必须按照今天提交的计划，在那一天住那个酒店。我们会抽查的。第三，如果抽查的当日，你没有在你提交的那个酒店入住，我们会随时通知边境官。

我已经血冲上脑门了：小妞，我没可能一天的行程都不变化啊。三个月呢，没有一个国家是这样规定的！！！

小妞：我们这里是德国领事馆，你也可以去其他国家申请！（法克！他们还真的没什么新鲜的说辞。）

最后的最后，和眼镜一样，小妞给我了建设性的意见：你可以回澳洲去签，要比在中国签容易得多。

所以，我在1分钟内做出决定：我撤签。

小妞愉快地笑了，同时告知我，由于我是主动撤签，所以除了归还护照，其他一切材料不予归还：包括我的公司证明，财产证明，银行证明，酒店预订……以及650大圆的签证费。

（注：去年7月，在无机票订单，无酒店预订的任何要求下，英国领事馆在5天之内签了半年的旅游签证，还是多次入境的！！！！！！据说盎格鲁萨克逊人最早也是源于日尔曼族，这是多么的不可思议啊！）

德国佬，我服了。

我家小区的风花雪月

我上海的家的小区是个小型联合国。南腔北调莺歌燕舞，黑白黄棕各色齐全。

大部分老外非常入乡随俗，他们和我一样前跑后颠地叫快递师傅；他们和我一样要和门卫“大爷”（是真的很“大爷”的大爷）斗智斗勇；他们也要搞清楚三天两头要交的公共卫生费，保安费，物管费。一日见我们大爷捧着雀巢咖啡瓶的茶杯，用洋泾浜的普通话语重心长地教导一金发姑娘：“侬要相信我，我们中国人从来不骗人噶。”

之前租我房子的是一印尼女孩子。女孩画画的，长的又好看，所以我立马就借给她了，连还价都免了。我没出息，一向对好看的女生没有免疫力。过了半个月我去收钱，一进门就晕眩了，穿过一墙的衣服，然后踮着脚尖找了个落脚的地。然后目瞪口呆地看着半个房间红红绿绿的纱帐迎风猎猎。有如倩女幽魂的现场版。第三次去收钱，进门就听到很凶的男人的声音。我好奇啊，八卦心顿起。进了屋，见一中年男人带了两孩子。女孩喏喏地给我介绍：我先生，我孩子。偶睁大了眼，顿时心里奔腾过十万个为什么？男人是日本人，用哐啷哐啷的英文和我对帐单。女孩坐在床沿，一张口就被男人呵斥回去。四个月后女孩说要回国了。我第四次见她，她和我不停地说对不起。之后我搬回去住，还是经常会忍不住想这个女孩背后可能的琦旎的故事。

再一日回家，看到大众搬场车。前幢的英国女孩在搬家，平日里女孩打扮非常的英伦范儿，好看！男朋友像阿什顿·库彻，嗳，也是好看非常！我正可惜着他们要走，看到女孩一个人颠前跑后，眼睛红得什么似的。最后抱了一大包东西，狠狠地扔到旁边的垃圾箱，扭头就走。我张望了半天没有看到阿什顿·库彻。之后，也再没看见。

太阳好的时候我就趴在窗台上，楼下有一双混血小孩经常在那里撒欢。后面跟着满世界追的上海奶奶（抑或外婆）。晒太阳的老人喜欢围着啧啧地夸多好看的小囡。迷迷糊糊睡过去的时候就在想，这近百年，一个个门楼里吱吱呀呀的楼梯拐角，荒草丛生的后花园里，到底该会有多少悲喜的故事呢？

昨儿半夜回家，处于半昏迷状态。忽然听到一句：“哟，你不冷啊？”（我一向热爱短打，地球人都知道。）

冷不丁地一惊，四处找谁在说话。那一身黑衣黑裤的老黑在黑夜里带着风呼啸而过，若不是他一口白牙，我差点一头就撞上去了。“还好，真的还好。”我冷静地回答他。

在清明复活。
人活着的时间太短，死亡的时间太长。
所以，好好活！

在清明这天复活

写完这个标题，自己也觉得诡异。幸好，今年的清明阳光普照，一扫几日的阴霾。想必是为了安慰那些路上欲断魂的行人吧。

今年清明恰逢复活，原本浑不搭界的两个节日撞在一起，有匪夷所思的逻辑感。清明于中国始于周，二千五百年的历史了，人们希望通过祭奠祖先来泽荫后世。复活节是为纪念耶稣基督于公元30或33年之间被钉死在十字架之后第三天复活的日子，相信其代表了重生和希望。

两千年来，生死之念仍如天堑。

我不喜欢死亡。在我有生之年只参加过不超过3次追悼会。有一次是我的大学老师。他也是我的入学面试官，面试时叫我表演一个节目，我就在他面前边跳边唱了一曲《摇摆女郎》；又叫我板书，我就很应景地对了“春蚕到死”和“蜡炬成灰”的上下句。伊时他也不过二十多岁的光景，英气逼人，帅！四年后，在我去医科大学签我的“卖身契”途中，又是他一个电话改变了我之后的命运。他走的时候只有39岁，去送行的人排到门外的广场。当我经过他的身边时，只惊鸿一瞥，之后便死死闭住眼睛。那个他早已面目全非。后来，一直觉得追悼会和告别仪式是残忍无比的。我们一直希望逝去的人音容宛在，那为什么一定要去瞻仰一个已经面目全非的故人，为什么不能留存最好的容颜，去长久的怀念呢？再后来，参加奶奶的追悼会，我便从头至尾死死闭住眼睛。现在每每想起奶奶，依然是她齐耳短发，两颊泛红，驮着背老远地用宁波话唤我。

我甚少去扫墓。我们家每年去扫墓的规模都是要开一辆大公交的。祖孙三代浩浩荡荡地杀过去，到了墓区再汇入浩瀚的人群。松柏之间人声鼎沸，然后论资排辈地一一祭拜。以前是要磕头的，现在改良了，默认我们鞠躬了。我很容易在墓群中迷失，一个个横看成岭竖看也成岭的墓碑组成硕大的队列，严阵以待。我的思维会漂移地想，这该是他们一年中最快乐的一天么？快乐着被念及，也该是一年中最辛苦的一天吧？辛苦着在另一个世界去保佑这个世界的子子孙孙的健康，安乐，财运，升学，婚姻，求子。

老妈是一个唯物主义者，她很认真地要求我们在她百年后不入墓。骨灰洒到黄浦江。我愁苦地对她老人家讲：洒黄浦江也有规格的，不然被捉住人家要说污染环境的。然后我们母女就立刻被打压："这怎么来赛，每年拜都没地方拜"。我涎着脸讨好老妈："我把你照片放皮夹里，天天拜"。

大学同学聚会，再说清明。我说我要捐器官，比如角膜捐给一个帅哥。然后透过他的眼睛，来到你面前，轻轻地说："I see you！！"后来在澳洲办理驾照的时候毫不犹豫的勾选了器官捐献。

想起2006年的复活节，在悉尼第一次参加盛大的复活节嘉年华。整个奥林匹克公园像被煮开了锅，Dairy Farmers的牛奶庄园；大呼小叫的嘉年华游乐场；盛装的鸡鸭猪狗齐齐上阵。光了膀子比赛剪羊毛的壮男，还有晚上刺激的赛马和赛车表演。一出色彩斑斓的浮世绘啊。想来，耶稣在受难的三日已经替人们赎了所有的原罪，所以在复活的那一天，生机顿时无比盎然！！

在清明复活，人活着的时间太短，死亡的时间太长。所以，好好活！

上海一家人

清明，扫墓归来，听舅舅们讲那过去的故事……

范荣是个快乐的青年。范荣在爱多亚路（Avenue Edward Ⅶ，今天的延安东路）转弯角子上的亚细亚火油（石油）公司上班。范荣脑子灵光，说的一口流利的洋文。范荣是伊时东华足球队踢锋线的，每周末都到虹口足球场一帮人白相一只球。范荣人也生的好看，头丝煞清，穿三截头西装。但是吃咖啡的范荣还是定定心心讨了十几岁就从扬州到屋里厢来的童养媳阿英。

啥人也想不到身体介好的范荣29岁就没了。痨病啊，就是咳血咳没的。所以阿英年纪轻轻就当寡妇了。拖了四个拖油瓶：三个儿子和一个小女儿。阿英没办法，四个小人要养，只好再找人。这样子也挑不得了，最后寻到老李，苏北人老李。范家几个子女嘴上不响，但是老李看得出来他们不喜欢的。所以大家只好客客气气。但是日子太难了，四兄妹只好被送到叔伯家去寄养，一家一个。寄人篱下的日子是难过的，要做规矩的。老大私塾没得读了，开始学生意。晓得要拉扯弟弟妹妹的；老二脾气爆，三天两头吃生活，一吃生活就跑；老三性情温和，太太平平读书；小妹才几岁，已经开始学会看三色了。阿英跟着老李，开个小铺子，做点小生意。就想小人们快点出道，出道就好了。

这样过了几年，范家老大有手艺进了造船厂了。范家老二中学毕业，空军来招人，样样都好啊，最后政审没通过。学校说查到范家有一个姑爷是旧上海的白相人，肯定是勿来赛的。老二一口气闷进，转头考了航校。没两年，去海军当了兵。这下就剩老三和小妹了。阿英算松口气，想慢慢就好起来了。可是省心日子没过几天，外边就不太平起来，“四清”开始了。本来这种事情和阿英浑身不搭界的，可是莫名其妙就有人揭发阿英，贴阿英的大字报。政府鼓励群众要监督群众，所以有群众就举报阿英，说店里面的纽扣数量不对了，阿英贪污了。阿英天天被叫去报到交待。一天阿英又深更半夜没回来，范家三兄弟这下光火了，不晓得姆妈被关在哪里，三人骑着自行车一家家找过去，最后找到关的地方，老二冲上去就要动手，结果那个死胖子小头头吓得瘪脱，之后就客客气气的了。

虽然世道这么不太平，但是阿英还是蛮满足的。因为老大是革命的头头了。老二在海军，所以阿英算军属了。老三也穿上制服在派出所吃公家饭了。小妹毕了业，想想姑娘家总归好弄的，可是忽然有一天，范家小妹跑来讲她要响应国家的号召，知识青年要去支边。阿英一记头方向也没了，新疆这个地方她连在地图上的哪个角落都不知道，小妹介小的小囡一个人要三天三夜跑过去。阿英哭也要哭死了。老大老三也是坚决不肯的，范家老二听到，立时三刻从广州跑回来，这么大的事情哪能由得了她去呢。但是范小妹是吃了秤砣铁了心了，她和要好的两个女生都讲好了呀，一定要去的，她不能讲好了不算数的。范家小妹一犟起来，牛也拉不住的，从家里偷了户口簿就去把名报了。这下子不放人也不行了，政府敲锣打鼓地红花送上门口了，不放女儿走就是破坏知识青年上山下乡，就是反对毛主席了。一家人只好送范小妹上火车了，汽笛一响，车上车下哭声震天，阿英啥也听不见，晕过去了。

阿英还在哭小妹呢，又多出来一桩事体。外面风向又变了，老大在单位又出事了。老大之前是文攻武卫作战组长，现在要反过来说文攻武卫是打砸抢了。老大人忠厚，以前人面好，人推他当头头，但是从来不欺负人家呀。现在风向变了，又变成靶子了。阿英心又吊到半空了，这些事体是今朝东明朝西，变脸比变天还快啊。阿英叫老三赶紧把老二叫回来。老二又立马三刻地赶回来了。老二老三都是戴大盖帽的，过了几天，老大就太太平平出来了。不容易啊，阿英看看三个长一码大一码的儿子，心里定心得多了，心想还好养了这几个儿子啊，有事体还是顶的牢的。

接下来几年三个儿子相继成家立业了，孙子都一个个出生了。阿英想，最好就是小妹能回来，一家人总归是要在一起的。可是有一年小妹回来说准备结婚了，也是一个街道去支边的。和当年去支边一样，小妹要嫁人，这也是拦也拦不住的。阿英不响，知道响了也没用，总之路是自己选的。今后一辈子是自己要过的。阿英指挥三个儿子，每次送小妹都是一黄鱼车的东西装上火车，然后火车一开再哭晕过去。

阿英最后看到范小妹的时候，范小妹挺着大肚子，阿英自己也是大肚子：都是腹水，阿英胃癌已经晚期了。人瘦得只剩下骨头了。阿英看着赶回来的范小妹，心里还是高兴的，连小妹都要当妈了。阿英走的时候也还是高兴的，看着身边围着的子子孙孙，忽然想起自己嫁进范家的那一天。

阿英去世后的一星期，范家小妹生了一个女儿。

红 色 记 忆

下午去师大和闺蜜喝下午茶，间歇打电话给留校的党朋。他说下午不在，不过晚上要回学校唱红歌。“什么？真的红到上海了么？”我叫起来，心惊肉跳的！

前几天值45周年我就想写些什么。不管怎样，父母是68年的那一拨被放逐的，全家有脱不开的干系。我没有亲眼见过，但是记忆里满是红色的碎片。记得好像是章诒和说过，大意是相比那些个恢宏的叙事，个人的记忆，更能保全历史。

十岁到十三岁，我是被送去过父母身边的。他们被发配的地方是一个偏隅边境的兵团。据说是当年王震带兵入疆最猛的队伍之一。当然，他们是抱着两颗血色红心去的。我对这一段记忆很跳跃，长大了总是觉的那是一个盛产荒诞剧的地方，荒诞的正是一片红的年代。

父母都在机关大院，他们叫做“上海知青”。其他还有

“北京知青”，还有河南的，江苏的，四川的。有很多家庭组合很离奇，比如男的是一个又高又帅的讲京片子的小伙儿，娶了一个当地的老乡（他们把维族人叫老乡，除了电影里的维族姑娘水灵灵的，现实中大多是打着赤脚浑身羊膻味）。我刚去那的时候，就经常看到一个著名的疯子，据说已经疯了很长时间了。一个矮小的女人，衣衫褴褛，脏得看不清真面目。团部的小孩经常哄围在那里，就知道女人又在那里脱衣服了。一般这样，就会被她男人拖回去暴打一顿，那个男人一看就是乡村野夫。女人有三个女儿。大女儿已经知道羞耻，在学校被人讥笑就会泼妇一样地骂回去打回去。后来，男人不怎么看到，都是大女儿又骂又打地把女人拖回去。我跟着我妈去家访过，家里只有门板，灯都不亮，几个女儿蹲在地上围着一个黑乎乎的锅子吃东西。在离开那里多年后他们说起那个疯子，说忽然就不见了，以至于机关里的人都不习惯了。后来就出动人去找，找了很久，在沙包里（沙漠）找到她，已经死了。我是听大人们说过，那个女人也是知青，写得一手好字！

父亲是管教育的。家里经常有人来，有来要求进学校的，有来要求转正的，有要求升职的。在家里看到的老师和学校里看到的嘴脸很不一样。这让我很早心里就有两杆秤。我在《教室别恋》中写到过学校的语文老师猥亵女学生，事发了在我家写检查。我回家的时候看到他跪在那里，一把鼻涕一把眼泪。之后在学校遇见，我看他的眼光异样，他看到我也讪讪地躲。我一直觉得自己有神奇的直觉，我不喜欢的老师，大多最后证明不是好人。后来渐渐明白，因为他们在学生面前，大多来不及或懒得装和掩饰。但是也有我喜欢的老师，我的英文老师小黄老师是个漂亮的姑娘。不过二十出头，父亲让她给我开小灶。学校每年都有进修名额。到内地大城市半载一年的，都是老师们要打破头抢的名额。一年到上海来的名额给了小黄老师，她到上海后和我上海的表姐还成了朋友。一年以后她写信给我父亲，说希望再能延长进修。父亲大光其火，说根本不该让她去。所以小黄老师又回学校了。后来回来表姐对我说："伊戆伐？勿回去么就勿回去来，又哪能啦？"（上海话：她怎么那么傻，不回么就不回去啦，又能怎样？）但是小黄老师下面还有二个妹妹一个弟弟，她如果不回去，弟弟妹妹考学都有问题的。她一个人出去了，其他人就都出不去了。

我一直以为兵团是军团，其实不然，大抵像一个部队编制的小社会。不过一度是有枪的。我家不远处有一个塔，就是武器库，我从来没有被允许靠近过。我们数学老师是一个河南人，很热情善良的一户人家。女儿和我一班。一年夏天大儿子和二儿子在家玩打仗，大儿子拿着枪对着弟弟呯呯开火，老二就这样被真的打死了。据说当时父亲是非要把老大也打死的，因为老二是家里最聪明最有前途的一个。后来老大跑了，经年不归。和我同过班的女儿毕业了莫名奇妙地成了诈骗犯，后来我妈说我数学老师病死了，一辈子家里都是七零八落的。

但是一家人七零八落的并不都是飞来横祸。非正常死亡在那里好像是非常正常的事情。比如说我们隔壁的一个政委家里，头几天还看到男人带着儿子打篮球，女人是那种大嗓门每天可以当闹钟的人，可是一连几天听不到她的声音。男人带着儿子从连队回来，发现女人已经在家死了三四天了。我的同班有个油嘴滑舌的男生，和他哥哥一样是学校的捣蛋鬼。经常高高兴兴地恶作剧，闯些小祸。忽然一天哥哥就喝药死了，说是前一天偷人家的鸡蛋被抓住了。今天的我们很难理解说偷个鸡蛋要死人的么？我不知道，我见到过自己的一个好朋友打架被保安部用铁链子拴在树上，怕他跑掉，所以就像拴狗一样拴在树上。我想那个同学的哥哥是不想像狗，所以就自杀了。此外，还有谈恋爱被学校处分自杀的，考学自杀的，林林总总，奇奇怪怪。

我记忆深刻的还有两个女孩子，一来是因为她们的命运多舛，二来是因为都是上海人。一个叫小燕的，其实是十几岁才从上海去。刚到的时候衣着体面，说话温软。因为家里都是上海知青，所以和我颇为要好。我离开以后，她恋上了一个男生，男生也是我的死党。从开始的单恋到之后逐渐疯魔，男生考到了外地，她跟到了外地。5天5夜的车程啊！找到男生的学校在雪地里一站两天，轰动男生的大学。后来家里来人领了回去，关了起来，就愈加不好了。她父亲不久后另娶，更是没人顾及她，说是遗传了她母亲的癔病。我有时想来，总会想到之前死在沙漠中的那个疯子。小时候我在上海见过小燕一次。在虹口的石库门里，住了爷爷奶奶叔叔娘娘的一大家子。如果她上海的亲人愿意收留她，她今天也应该是在某个格子间里做OL吧。另一个女孩我是不认识的，但是母亲几次说起都要顿足。女孩据说长得也好，单薄，清秀，而且父亲原本也是有些权的。后来是死了还是离了，女孩也就伶仃了。居然被团里一个老革命长期霸占了，说是特意把女孩工作调到电报室，一间单独的房间，经常大白天的就看到那老家伙进去，帘子拉得密密的。我总是扼腕，她做啥不跑啦？老妈说，她能跑到哪里去啦。我又埋怨，你们也不管管。老妈又说，怎么管？

是的，那时候的人们大多自顾不暇。北京帮，上海帮，江苏帮，河南帮大多时候互相抱团，彼此倾轧。父母都是机关的干部，入党都几乎是一场闹剧。据说父亲是在病床前突击入党的。他身体不好，壮年时就经常抱病危，有一次貌似严重的病危却阴差阳错把他的大心事了了。母亲运气不好，她在学校基本是各方势力斗争的牺牲品，学校非上海帮的人是永远也不会投她的赞成票的。她到中年才入党。二十多年来，每过一年同样的戏码要上演一遍，她每次回家都要委屈哭诉一遍。最后终于入了，总算扬眉吐气。我总质疑，她较真的是不是入这党本身这回事。多年以后，我的大学专业是个99%入党率的政法系，我恰好是那之外的1%。

写不动了。其实每个人都有某个瞬间是和一些大事件关联的。根据我妈和舅妈的叙述，领袖去的那一天，她们是从追悼会跌跌撞撞奔回房间的。一开门床上没有我的影子，吓得魂灵都没有了。回神过来，在地上门背后看到趴在地上的我。据她们后来总结，我是从床上摔下来，还自己爬到过窗台上，哭到震天响（路过的其他家属看到去叫她们），然后哭累了，就趴在门背后睡着了。所以说，我那天也是拼了命，哭过的！我问老妈，你哭么？老妈哂然：人家都哭，你能不哭啊？

所以回到开头，人家要唱，我们都要唱么？这个人家，也是你，也是我，也是所有的人。当年，那些一片红色之后的黑色，是所有没有选择的人。所以，不要和我说红，那都是用血染的！

在那遥远的地方

上海离新疆有多远，Google显示4009公里。在一个十岁孩子的眼里，是三天四夜的火车，再加五天的汽车。十岁到十四岁，我在那个遥远的地方度过少年时代。

我的家在一个叫“团部”的地方，父母叫做“上海知青”，身边有叫“团长，政委”的叔叔阿姨，父母经常会去“下连队”；父亲在“团部”负责“文教卫”，经常有“老乡”会来家里送羊腿，水果什么的；母亲在学校教中文，学生有汉族，有“老乡”，有“二转子”。团部边上有条河叫“渠道”，渠道对面就是“老乡”。

对于一个十岁的孩子来说，词汇量太大，信息量也太大。大抵能分得清楚的是父母“许可做的”和“不许可做的”，自己“喜欢的”和“不喜欢的”。许可做的是在团部大院玩，不许可做的是到渠道对面“老乡”那里去；而自己喜欢的偏偏是对面“老乡”那里的桑子和沙枣，不喜欢的是班里“老乡”同学身上的羊膻味。

“老乡”就是当地的维族人，或者说以维吾尔族为主体的少数民族；“二转子”是汉族和少数族裔通婚的子女；一条沟渠划分“兵团”这种驻扎性政权组织单元，以及原住民群众的“地方”。

每周末团部主干路上会有“巴扎”（周末集市），这是在团部唯一能看到老乡多于汉人的一天。他们赶着毛驴车从四面八方涌来，支起篷帐，铺开地摊，转眼间烟雾缭绕起来，烤羊肉烤包子的，打馕的，做凉皮的；另一边呼啦啦地挂起各色艳丽的布料在尘土中招展着，男生喜欢围在卖刀的铺子前，比较各种开封没开封的匕首，刀把的镶嵌和做工。“巴扎”是父亲打牙祭的吉日，烤包子是他的最爱。照他的原意是恨不得每周都抗半只羊回来。但是他最大的苦恼是吃完烤包子后要无比低调地回家，以防我妈闻出丁点羊肉味。一次，趁我妈出差，父亲欢腾地在家炖了一锅羊肉，然后细细把锅刷了五遍，然后我妈一回家就把锅扔了，然后，就没有然后了。

每年春天都有一次名正言顺到沟渠对面的机会，官方是叫做“民族团结月”的。团部的学校通常会提前若干日准备排练一些歌舞升平的节目。到当天，团部彩旗飘扬，我们一个个被画得像葫芦娃一样，和少数民族学生一起拉着手弹起冬不拉跳起欢乐舞，台下的团长政委和老乡们热情握手努力寒暄。然后一路杀到沟渠对面老乡们的家里，团团地上了炕，通常炕上堆了山一样的馕和葡萄西瓜。至今我对这一幕仍然印象深刻，我们在找水洗葡萄的时候，在院子里看到老乡家的孩子，他完全光着身子坐在土里，肚子像青蛙一般地鼓着，葡萄一把把往嘴里塞。汁水流得满身都是，苍蝇盯得满脸都是。我和弟弟默默地看了一会儿。伊时弟弟刚去新疆不久，老是穿着他那三件头的小西装。多年之后，那一幕在若干记忆褪色之后，反而愈发地清晰起来。

冬天的时候每家都要囤柴火取暖，大部分是沙枣树劈柴。父亲是手无缚鸡之力的一介书生，所以一直有一个老乡来我家劈柴。再冷的天他也是裹一件黑色棉衣腰里扎根布条，来了把棉衣一扔，光着膀子嘿呦嘿呦地抡斧子，一会儿就起了一堆。我有时候就坐在柴堆上看着他，母亲拿一大堆馒头给他，他休息时就大口啃着馒头，也无言地看着我。

有一段时间我和班里一个叫王红的女生很好。她挺漂亮，眼睫毛无比长，初一就出落的像高中生一样。她还有一个名字叫什么古丽。我们好的时候中午休息挤在宿舍一个床上，一次王红认真地对我说，我们能以后一直好就好了。我说为什么不呢？她想想说，你们是团部的娃娃。那天后我忽然意识到“他们”一直是把“我们”称为“你们”的。不久以后，一天我妈皱着眉头问我，你和王红一天到晚在一起干什么？我不响，我也说不清我们为什么在一起玩，也说不清为什么之后不在一起玩了。

八十年代中期家里起了场大风波。如前所述，我的父亲和母亲当年从上海虹口的同一个街道双双踏上西去的列车。二十多年过去了，一个已然大碗喝酒大口吃肉，一个牛羊不沾依然坚持着吃米饭。我们在上海的所有七大姑八大姨说起唯一“漂”在外面的父母不是摇头就是叹气。我的舅舅们执着地要把我妈，他们唯一的妹妹从那“蛮荒之地”挽救回来。那时候家里说的最多的两个字就是“调令”：调令已经在局里了，调令已经在团里了。这一切真实得如此触手可及，以至于同事邻里已经把我家的锅碗瓢盆都预定一空。这个故事太冗长戏剧就不复述了，最后的结局是我妈终于知道努力了这么久的回家梦被我爸釜底抽薪了，我还能记得和我妈回上海时舅舅们的愤慨和我妈的垂泣。但是，两个月后她还是踏上回疆的路途。

我已经没有任何机会去问父亲当时的心路，因为不久我就回上海了。在我有生之年在那遥远的地方我仅仅度过四五个春秋，换言之，我在有生之年和我的父亲也不过相处了四五个春秋。父亲在49岁壮年去世。在最后的近十年再没踏上过故土上海，此后也永无可能。

这两年一直说去新疆看看，弟弟说想带着妻儿去看看他生活过的地方，而母亲大抵显得意兴阑珊。讨论了几次把父亲迁回来的事宜，当地帮忙照顾的老师迭迭劝着：太折腾，现在不如以前，也不安全，你们就不要来了。

所以，那个遥远的地方，相隔4000公里。有我父母的青春，有我母亲不断寻求离开的一生，也有我执着留下的父亲的墓碑。

文 字 控

文字一直是我热衷的事物之一，我想这大概是父母都曾是语文老师的原因。在我很小的时候，家里来客人，我的保留节目是朗诵：《有的人》（臧克家）。直到今日还可以记得开头两句："有的人活着，他已经死了；有的人死了，他还活着。"后来回想起来一直不能明白10岁左右的小孩子为什么要背诵如此生死大义的东西。家里人一直说我有80%遗传来自于父亲：文字控，情绪化，喜怒溢于言表。父亲除了要我背诵《有的人》，还喜欢让我背当时十大元帅的名字。我却总是记不起那个单眼失明的大元帅。一次电台里广播剧是关于陈毅在文革中，父亲会突然间暴跳如雷，恨不得把收音机砸了。

父亲管当时机关里的文教卫系统。家里几乎和图书馆一样，每年度订阅新的报刊杂志，我都可以小小地参与一下，打勾一些我喜欢的书刊。每次充满油墨香味的期刊一定是先到我家里。我的童年记忆有小人书，也有《收获》《书城》这些纯文学杂志。很难讲这些颇为晦涩的读物对一个十来岁的孩子有什么教益，但是我知道得益于这些早年的读物，我很善于将文字在脑中场景化，反之亦然。记得曾经看过一部中篇小说。最后一段类似是男主角来到一个房间中，看到整个房间是领袖的雕像，整整齐齐地排列成一个方阵。不知道为什么，当时我的脑海里可以清晰地还原那个场景，同时小小的心脏忽地就一凛，似乎完全能够明白那个场景的言下之意。

读书后我的文理科更是一个蒸蒸日上，一个江河日下。高二之后，我的数学和物理就很难及格了，只有化学例外——我没有理由地热衷背诵元素表和配平的游戏。我觉得这和努力与否真的无关。比如说学立体几何的时候，人人都可以看出立方体内的对角线。而对我来说，死死盯一个小时也还是一个平面。除非老师把模型放在我面前，然后把铅笔戳在里面说："现在看到那根线了？"我对理科的放弃是在高三的一次高考模拟考后，我对着数学考卷忽然觉得呼吸困难。大脑更是一片空白。然后监考老师慌忙把我架到办公室，在我嘴上套了一个塑料袋让我"呼气……吸气……"我煞白的脸才缓过血色来。所以我逃脱了一次年级摸底排名，但是那次我的语文却是第一名。一天班主任来问我说你要不要直升师大？我感激涕零地说，只要不参加高考怎么都行。于是我逃脱了那年惨烈的高考，我的那个中学遭遇了滑铁卢。

上帝保佑从那以后我再也不用和数学物理有任何关系。大学里经济学所涉及到的模型还从未置我于死地。相反脱离了纯粹的阿拉伯数字，在文字的辅助下我的逻辑能力一点都不差。我的政治经济学，逻辑学成绩都还不错。大学里有一门匪夷所思的课叫《学习方法》。我们学习这门《学习方法》以便学到“正确”的“学习方法”，然后在以后教书育人的时候再传授给我们未来的学生这些“学习方法”。那个老师是我尊敬的一个老师，但是我从来没有相信过这些“方法”。毕业后我诚心地向这位老教师认了错：我曾在他的课堂上于众目睽睽下离开了教室。年少无知的我以为那种抗议是一种胆识。我本科读的是师大，但是我没有正式当过一天教师。就今天来讲，我也认为我一定不是一个“好”的教育从业者。前段时间曾经有一个“假新闻”，据说是假借耶鲁校长的名义对中国教育制度的批判。文中列数了世纪初的中国可称为教育家的名字：蔡元培，胡适，严复等。但是说今天中国没有真正的教育家。上个世纪的中国，有令人难忘的“五四运动”和八十年代。五四之后，中国被格式化了；近半个世纪后，80浪潮昙花一现，又被蓬勃而起的经济革命格式化了。

自毕业以后，我一直混在一个“Money Talk”的行业。在这个行业里谈思潮谈文化是会遭人耻笑的。你要娴熟地运用华丽的辞藻来包装关于“励志，成功，敬业，感动，自我价值。”有时候那些谄媚的辞藻让人直起鸡皮疙瘩。我曾经安慰部门的小朋友：吐着吐着就习惯了。自己说着，也有些不齿。偶尔会有一些意外的惊喜，在一次和某大客户开会的茶歇间，百无聊赖地说着废话。我无心地感叹了一句杜林的第三个退却和关于劳心者劳力者的问题，竟然获得客户极大共鸣。他一反平日的刻板职业面孔，极为热衷地和我讨论起关于杜林的“废话”。之后，我们保持了多年的友谊，直到今天。不过我不再做他的生意。

网上关于70后、80后、90后的话题甚嚣尘上。就个人经验而言，我对部分80后、90后知识结构之单薄是感到瞠目结舌的。而重点在于，他们也不认为这是一种缺失或者感到遗憾。对于部分人而言，“有用”和“无用”是唯一的标准。在Macquarie读书的时候，课堂上关于“宗教，政体，文化，历史”等无用的知识，多是西方的学生争论得面红耳赤。有时候关于中国的部分历史，他们了解的甚至比中国的学生都多。当然，80%的亚洲学生中的80%中国学生都在读商科，读会计。所以，文科中为数不多的中国学生倒也会知耻而后勇。

文科专业统归称Arts，这些基于文字的知识都是有美学意义的。知识到底不仅仅是谋生手段，还是作为一种人基本的需求，能够让人自己身心愉悦，让人类之所以区别于动物，让人有思维的力量，推动文明的进化。

最后一课

前两天在西班牙语课上聊到小时候学过的课文。努力一想，大脑一片空白，脱口而出的竟然是：Long long ago~~（你们都应该接的下去罢！）所以趁这两天热闹，好好回顾了一下我自己的国民教育。

幼儿园和小学的记忆都太过模糊了。除了对人人都在胸前别一块有名字的手帕印象深刻。那时家里大人反复教育的就是“走落特了哪能讲啊？”（上海话：万一走丢了怎么说啊？）然后我需要响亮地回答：××路××号××室，阿爷名叫某某某！伊时“走落特”的小人应该还不是很多的，伊时大家也都是有真情实感的。有一天上语文课《十里长街送总理》，女老师在上面边念课文就边哭了起来，一直哭到泣不成声，我们都吓坏了，也纷纷跟着哭了起来，上下悲怆一片。多年后，我看到纪录片，竟然发现和我幼时脑中的画面一般无二，背脊倏然一凉。再大了些，有政治课了，学到关于资本主义的三性：腐朽的，没落的，必然走向灭亡的（二十多年了，竟依然能倒背如流）。我的小心灵为此煎熬了很久，终于鼓起勇气找到老师，急不可待地说，他们怎么还不觉醒呢？我们赶紧去告诉他们吧！

八十年代最后一年我在西陲首府。和班里最长的同学差了五六岁。那时的校园男生穿着太空服，走路走着太空步，三天两头地开联谊会。男生们谈着吉他，女生们剥着瓜子。教语文的陈生据说是学院的才子，不过风流的名声更是在外。语文不是专业课，谁也不怎么待见，包括陈生自己。不过他喜欢搞花样，为了不负他才子的名声。一日，他白天课不上，让大家晚上去教室。都是住校的，大家从宿舍趿踏着拖鞋百般无奈地去教学楼。推门进去，教室里一片烛光，课桌全部被放倒在地上。陈生盘腿坐在地上，招呼我们也横七竖八地坐下。陈生用一台老爷的双卡放着背景音乐，然后给我们读了一晚上的散文诗歌。末了末了，我们出得门来叹到：陈生真的好矫情啊！相比之下，我们更喜欢教政治的王生，王生高大英挺，不爱和女生搭讪，所以女生都爱和他搭讪。那一段时间，校园内外都已经很骚动了，陈生都开始念诗了。王生就开始给我们放小电影了。最后一节课那部当时著名的纪录片放完以后，课基本也就不上了。那个春末我们在红山上的一个凉亭听到哀乐。初夏时分，在人海中拼命地跑，被班里的大男生抱到树上，惊魂未定地看脚下人潮汹涌，人潮汹涌！夏天之后，王生不见了。我在那一天坐上飞机，要回上海读高中了。

高中也在三角地，和我的幼儿园，小学直径不过百米。我的高中曾有个很洋气的名字叫圣芳济，可惜时运不济，就像被合作后了的遗老遗少爱怀旧，但帮不了升学率。遗老之一就是音乐老太，据说就住学校。深居简出，发髻一丝不苟，黑丝绒长旗袍，静静地来静静地走。最神秘的是传说中和她住一起的十几只猫，尽管我从来没有见过。遗老之二是语文老头李克勒，那是90年啊！我们的老克勒天天一身笔挺的西服，银发用摩丝定型，头丝煞清。最经典的是那件米色长风衣，进了教室，甩手一脱，衣领一拎一折服帖地搭椅背上。老克勒的课波澜不惊的，说着中心思想段落大意有如庖丁解牛，只见结构，不谈纹理。我总是觉得老克勒是瞧不上的，什么都瞧不上，所以他懒得讲，讲这些个废话。只有一次，老克勒激荡了一下，说听听你们这些歌词，我是一只北方的狼！哼哼，狼！不过他很快就平复了，是的，和他有什么关系！

大学，大学，我是学政法的。所以，你知道，也就没什么可说的了。

回到题目，《最后一课》不知道现在学校的课本中还有么？是啊，难不成他们要逼鸽子也说德语么？

死亡诗社

晚上又看了一遍Robin Williams的《死亡诗社》（《Dead Poet Society》），竟然还是流了眼泪。记得第一次看应该是大学二年级。一次上听力课，当时叫琳达的漂亮英语老师放了录像带，说你们自己看吧。已经不记得当时看懂了多少，但是多年以后，每次想起这部片子，就一定是最后那5分钟，当Keating要离开的时候，Todd叫住了他，说了一句："Oh Captain, my Captain."一边说，一边站到了课桌上。然后，男孩们一个个站到了桌上，不管校长的咆哮，Keating转过身，欣慰地说了句：Thank you，boys.记得我当时在这一幕也是泪流满面，有种情不自禁要站到桌上去叫一声：My Captain！瞬间满腔的感动。很多时候一本书，一部电影潜移默化中对人的影响是很深的。不知道琳达当时放这部片子的意图是什么？也许因为我们中的大多数都将在以后的某一天为人师表，《死亡诗社》所代表的价值体系显然不在我们的“德育考评”中，所以琳达简简单单地说“你们自己看吧”。当晚我在宿舍里说，以后我一定要做Keating这样的老师。我记得，我说得是那么真诚。

在大四实习的时候我是分在卢湾区一所中学，我不确定当时是否有想起过Keating。在短短的三个月中我做过这些事情：我上课的时候讲关于学习的必要性。我说，老师我现在在大学读书，不用天天补课，不用月月模拟考。老师上完课可以在草坪上戴着耳机听听自己喜欢的音乐，读读自己喜欢的书，如果你们羡慕老师这样的生活，你们就最好考进大学；现在想来，一个大四生在初三生前的优越感幼稚得那么朴素，但是有效。过了几天，带教班主任让我负责德育教育。班里有个男生早恋，学习不好，班主任要我负责和他谈心。男孩长得很好，已经一米七几的个子了，我仰着头看他，实在想不出怎么和他讲道理。想了半天我说，你长这么帅，有这么多女生都喜欢你。但是你学习不好，在女生面前不是很没有面子。男生犟着脑袋进来，不好意思地离开。被当面夸帅还是很不好意思的。再后来，就和班上混成一片，文艺会演和他们一起跳草蜢的《半点心》。

学校的教导主任对我是明显地不满意了。有一次放学，班里的几个学生到我们活动室打乒乓，教导主任来抓现行。我恰好到楼下买饮料，走到大门就看到班里一个男生推着自行车在那里等着，一把拖我上车带着我就跑。逃到几条弄堂开外才缓过神来，告诉我教导主任抓了他们一拨打乒乓的男生，让他们交代是哪个实习老师带他们玩。他们立即商量出“策略”，让一个男生溜出来拦着我，然后其他人和教导主任周旋，合着法子“救“我。男生说着怎么和教导主任斗志斗勇，怎么要保护我，那一刻，神采飞扬的。

三个月很快就结束了，自然我的实习分数是好不到哪里去。记得曾经和大学同学聊过，他们十分诚恳地劝告我，说我不可能成为一个成功的老师，因为我的性格，方法都对学生的终极目的：升学，高考，没有任何好处。从某种角度看，就像Keating最后成为了Neil悲剧的因起一样。实习的三个月确实让我放弃了成为一个灵魂工程师的理想。在离开学校的最后一课，我开口说完这是我的最后一课后，就说不出话来，我在讲台上一直低着头，一句话也说不出来。每每欲张口，嗓子就会堵住。一堂课倒有一半时间是我在讲台上低着头，下面一片寂静。最后，我只好在黑板上写了一句：你们是我第一批也是最后的一批学生，我会永远记得你们。十几年过去了，有的时候理箱子，还会看到一堆他们的照片，还有厚厚的剪贴簿，一切恍然就在昨天。高兴的是，如此曾经的三个月的为人师表对我来说确实是最好的选择。

教室别恋

那天老妈打电话给我说小张老师在我们家呢。我说哪个张老师，我自从初中后就向来在学校不招人待见，自然和老师的瓜葛不多。老妈说小时候教你英文的小张老师。

电话里小张老师的声音还是依稀可循旧日痕迹，虽然现在他怎么也是老张老师了。我笑着就问，你太太还好吧，还是我知道的那个吗？他在电话那头也笑了，说还是呢，挺好的。这个故事真的太长了，我这样问他的时候，想来往事在心里已经过尽千帆了。

从小我对老师是没有什么尊重感的。也许是当时父亲职务的原因，我看多了所谓师道尊严下的嘴脸。记得当时有来送礼要求转正的，有哭着闹着要评职称的，最匪夷所思的是一个猥亵女学生的语文老师在我们家跪着写保证书。之后上课时我就总是故意面无表情地盯着他看。觉得自己的眼光可以杀人的。

小张老师是我为数不多算看着顺眼的老师之一。第一他算是帅的，第二他专业确实也好。可是他还是着了女学生的道，传出了绯闻来。那个女学生我是认识的，当时上高二吧。在饭桌上听父母说的时候，我就说，他俩不是挺配的吗。当即就被母亲当头一筷子，小孩子懂什么。我还是这么固执地认为，他们俩个“看上去挺美的。”我去小张老师的教师宿舍时，那个女生就乖乖地坐在床沿，给我削个苹果什么的。

可是学校还是出了事情，另外一个离异男老师和女学生大中午被半路回来的儿子捉奸在床。女学生的年纪和儿子一般大，儿子忍了很久，终于大打出手，算是丑闻吧。后来学校保安科的都来了，把打人的被打的都锁了起来。我现在还记得，我远远地走过去，儿子被铐在树上，像条狗一样蹲着。我蹲在他面前，听他发誓说，总有一天他要杀了他们。这一幕给我印象如此深刻，直到多年以后仍有点不寒而栗。

学校因为这些事情也颜面全无，小张老师的事情也拿不到台面上来了。好几次再去他宿舍的时候，女学生就不常见了。偶尔见到，也是低着头，很清减的样子。后来据说女学生考出去了，他们成不成正果就不得而之。

总是觉得教室里的别恋是没法讲的。当年那部《教室别恋》看到结局也是心酸，觉得最后女老师就是像被伤了的母兽，而且一刹那地老去了。去年在悉尼报料纽省的三十多岁女老师被十七岁男学生家长告上法庭，那个少年很飞的样子，不知道为什么可以和女老师厮混两年。可是后来女老师在监狱里还是对媒体说，少年一直都有信来，没有什么可以阻碍他们在一起。画风一改，变成《真爱至上》了。上课做新闻案例的时候，有两个组都选了这个案例，大家道德来道德去一番，我又想起当年我那被栓狗一样栓在树上的男同学，也不知道那个女学生终究成了他的后妈没有。

健身房姑娘和差头司机

最近连续碰到几件小事，很是感慨。套用一下才俊金线的话，“觉得心中肿胀得很”，不吐不快。

小区楼下有个健身中心，白天极是清闲。服务中心三两个女生大多无聊地晒在那里，而我多是自顾自在跑步机上，少有要麻烦他们的事情。不过你知道跑步亦是一件无聊的事情，这一定不是我一个人的体会，所以每家健身中心跑步机前都会有小屏幕电视，用来让这个无聊的过程些许好过点。因此，每次碰到清一色的雪花屏幕，我就有末日般的心情，需要陪着笑请工作人员好歹能弄出点人影来。三番两次，总是徒然。小姑娘来拨弄两下，说她也是没有办法的，转身又站回服务台。后来，我自己开始带缓存好片子的iPad，这个问题就解决了。话说前日夜里跑完六公里在前台等人，七点是健身房最熙攘的时候，动感单车的，瑜伽的，肚皮舞的，整个馆里都是轰轰烈烈的气象。一个围着肚皮舞兜的女人跑出来对服务台讲："小姐，小姐，你能不能去协调一下动感单车？他们的声音太响了，我们音乐完全听不出，跳不了！"小姑娘想了想说："你去和他们说呀，让他们轻一点！"客人显见地不满了："我怎么和他们说，你们工作人员应该协调一下吧！"说完客人又跑回舞蹈室去了。我正正坐在服务台对面，亦就正正地见小姑娘转过脸来，"切"了一声，说："神经病，关我什么事！"。

这个健身中心是那对曾经的"中国版小贝辣妹"开的。该健身中心近些年来以燎原之势在市场攻城掠池，每年换着大牌的代言人。说实话，从环境，设施，还有系统管理来讲也是可圈可点的。但是，最难管的还是人。服务生小姑娘大多来自全国各地。模样也多周正，统一的服装，发式也清爽，想来也做了不少培训。但是，工作到底是怎么一件事情，想来不是几次培训能搞清楚的。

昨日总部亚太各位大佬齐聚上海办公室，随即要各自赶飞机奔东西。我陪一老大楼下候车。正是下班的高峰时候，各个路口都是围堵截！老大去ATM取钱，我眼见一亮灯的大众，像捞到稻草一样一屁股就坐了进去。我说了目的地，然后说还有一个人马上就来。一听要等人，司机的脸立马就拉长了。我看不妙，深怕他就此将我赶下车去，连忙地说我去完A处再要去B处，极力表达必然不会让他吃亏的！司机还是不给好脸色看，不过看来没有要赶我的意思了。老大还是没有人影，我只好腆着脸和司机套近乎。我说“侬打表好了！”他说“打表有撒用场？！”我说，“噢，个么我等下多付一些行么！”他继续冷着脸说，“勿是多付少付的问题。”如此这般三两下我也没辙，我实在不明白那么这到底是什么问题。幸好老大及时出现，司机继续冷着脸上了路。去完A处送完老大，我们奔向B处。我边睥睨着司机的臭脸边心中恼怒自己这样地低身下气还讨不了好。到了目的处，我付钱，如先前承诺，再多付了三分之一，为了不让自己有欠钱的内疚。师傅数了下，继续冷冷地车门一关，疾驰而去！

和某人讨论这个问题。某人说，人家就是打这份工，赚这点钱，你不要要求太高！问题是，这满世界有多少人都是在打一份工啊！赚钱多少，就直接决定以什么态度怎去做这份工么？

很多很多年前有一件事。我一个前同事以严厉著名。一次一个供应商不能如约，来了以后寻很多理由，说是公交问题什么的。前同事斥责说“你不重视，你重视你就打车也赶来了。所以你做不大，你就只能坐公交。”我当时觉得真是不通情理啊！这话可真是伤人得很！不过现在想来，一个人希望自己今后成为怎样的人，真是决定他现在做什么样的人。

扯得太远，以职业态度来上纲上线人家健身房的小姑娘和差头师傅就太装了，太装招雷劈。我只是想说，如果对工作不满意，以不满意的态度去工作是无济于事的，不如以让人满意的态度做眼下的事情，可能反而会渐渐对人对己都满意起来。

嗯，下回碰到那个小姑娘和她说一下，顶多被她骂声神经病呗。

想做一名店员

先说今天的一桩无聊之举。昨日看到汉源书店在招店员，就鲜格格地打电话去应聘。一来绍兴路上的汉源一直是我的心水之地，二来私心是想找个地方学煮咖啡。当然结果是被人否了，猪一语中的：说我动机不纯良。

我承认我动机不纯，但是我不忿的是对方的潜台词：你读过书，上过班，所以不是我们要找的人。莫不是做得一名店员只要识得书名，端得茶水不成？刚好在看马国兴的关于三联书店的一文。他曾从仓库理货做到店长。说到业内的著名笑话：某书店的店员是把《钢铁是怎样炼成的》归于“科技类”；杨绛的《洗澡》归于“生活百科”类的。我一直喜欢去季风，陕南的季风小年轻比较多，勤快麻利，一次要找本德国的书，遍找不得，带我去一旁的办公室，在库存中硬是翻将出来给我。如果换成新华书店，柜台阿姨一准嘎着山胡（上海话：聊天），一边头都不回地说没有。复兴路乌鲁木齐路的那家迷你季风上两个月关张了，变成卖羊毛衫的了，门头上季风书店四个字却还是赫然在目。

我家街旁拐角的书报亭老板是一小伙子，小三十的样子。我每周都要买几样报纸杂志，久了就熟了。有时候我的车不停，一按喇叭他就卷了报纸拿过来。我游泳回来买菜回来路过，他远远地就招呼："这周《三联周刊》要伐？"或者"新的《看天下》这期蛮有劲的。"有次我拿iPhone给他看，现在外滩，周末，三联，南方都有app了。他挠挠头说，噢，看来下次这些要少进点。但是app内容是不全的，一次我要找一期讲中东进程的《三联周刊》，但是已经过了一个月了，去问他有存货么？第二天他就塞我手里了，说让别人送来的。我谢谢他，和他东一句西一句的说些大小事。

写到这里，我忽然非常缅怀思南路上的光头大哥。我说缅怀的原因是那家店关张了。光头大哥也不见了。我在光头大哥那里买了好几年的片子，每次都是一打以上。他的店站四个人就胸贴胸了，但是从屋顶到墙角满满当当的码着好片子。光头大哥神奇之处在于，你问他再晦涩的欧洲小语种片子，他都能一回头就抽出来。你要想不出片名，说就是里面有只狗，在屋顶上蹿来蹿去之类。抽象成这样，不多过三句话，他又一下把片子抽出来了。一次我们敬仰地说，大哥，您这需要看过多少片子啊？！大哥失踪了大半年，关了门，我失魂落魄的，去一些店淘片子也意兴阑珊。忽然一天小店门开了，狂喜地奔过去。大哥又坐镇了，据说冲盗版，他被关了几个月。可是大哥明显气色还更好了些，还把打击盗版的专题报纸裱好了贴在墙上。再一年后，大哥和那家店倏忽地，永远地消失了。

对了，我也是开过店的。我开店的时候应该还算个好店员，所以那家店存活了十个月。

上海老阿姨

上海老阿姨不是什么稀有品种，不过绝对是上海的特色品种。

在我不自量力地几次与老阿姨遭遇战里，无一例外都落个灰头土脸，掩面而遁。

在超市买小菜。老阿姨站在一堆鲜虾面前，淡定地翘着兰花指把虾头一个个掐干净扔回虾堆里，心满意足地把饱满的无头虾身装进袋子。我头一低走出五米开外，终于没有压制住升腾的小宇宙，走回去说："阿姨，你不好这样的。"老阿姨抬起眼皮瞟了我一眼，又瞟了回去。我在空气中屏息了几秒，再次恳请："阿姨，你这样别人怎么买啊？"老阿姨再次抬起眼皮，寒光一闪，从牙齿缝挤出几个字："侬管好侬自家！"。

在医院候诊。老阿姨们总是长驱直入的那一帮。医生一遍遍地说你们出去等好么，老阿姨们一拨换一拨地又进来。

医生开始问诊，老阿姨们在我身后围成半圈齐齐歪着头凝神倾听“会诊”。我磕磕绊绊词不达意，医生终于接了翎子再次板起脸来训“倷出去，倷统统出去！”老阿姨意犹未尽地撤退：“切，才是女宁呀，啥银没养过小人一样，嗲勿色！”。

在ATM排队取钱。老阿姨在我身后站立不安：“哪能介慢啦，前头好了勿啦？”终于前面只有一人，我站在后面一米左右。老阿姨忽然戳戳我：“侬排上去呀。”我说：“阿姨，人家在取钱。勿好太近额。再说排上去我也取不了钱的。”我回过头时背后清楚传来五个字：“脑子坏特勒。”（上海话：脑子坏掉了）。当我取完钱转过身来，老阿姨高昂着头，脑门正抵着我的鼻尖。是的，老阿姨又胜利了。

老阿姨地铁门一开就呼啸着冲上去抢了座位毕恭毕敬给小孙子坐；老阿姨在商店左右开弓用胳膊肘把你顶开把钞票伸到营业员鼻子面前；老阿姨不管你在和别人讲话，插进来就高八度喂喂喂；老阿姨们在宜家一杯咖啡占座半天；老阿姨们在超市把蔬果部的食品袋一卷卷地撕回去当垃圾袋。

上海老阿姨遇魔降魔，遇佛弑佛。所以，不要挡老阿姨的道，老阿姨绝对和你切克闹！

老阿姨们基本五六十年代生人。出生伊始就是之前好东西都没见着，之后好东西都不见了。她们从幼年起就在难过的日子里过难看的生活；但凡好看的事情她们都避之不及，即便听闻了都是拿出来批判的。所谓教养，礼数，温良恭让都是被她们啐口唾沫再踏上一只脚的。她们的双十年华是要晒得黝黑粗壮，大着嗓门吆喝的，要和天斗和地斗和人斗的。可是她们毕竟还是被人逗着玩了，转眼奔三的时候发现没文化被革命了。她们又拼了性命抢回城名额，抢顶替进厂，抢单位分房，抢评级职称。不抢不行啊，哪怕回到弄堂间，水龙头要抢，过道要抢，晾衣服晒台要抢。她们的整个韶华岁月，就是一路拼抢厮杀过来。末了，她们又成了四零五零工程对象。她们终究像一块已经分不清颜色的抹布，说被扔就被扔了。

所以，我听到老阿姨哼哼冷笑说，这辈子，算是看得透透的了。

日前翻家里的旧相册，看到老妈幼时的照片。伊坐在一靠椅上，中袖的小布衫，荷叶花边的软帽在脖子里系了蝴蝶结，手腕上套着小镯子。另一张年方十八，最素的白衬衣，却有亮亮的耳坠，抿着嘴，眼光悠悠地瞟到画面外去。曾经这样的老妈，也终究成了万千上海老阿姨的一员。

想到此，我也只好叹叹气。上海老阿姨，就算侬路道粗罢！

上 海 差 头

下午3点15分，在中山西路拦招了一辆巴士差头。上海人把出租车叫做差头，出租车司机叫做差头师傅，打车叫做拦（发音Le）差头。

小时候有一次跟着表哥去串门，在目的地附近兜转了很久找不到门牌号码。表哥很豪气地一挥手：阿拉拦差头！虽然差头几乎起步了三分钟就到了目的地，跟着表哥从差头里下来依然觉得扎台型。“爷叔，谢谢侬！”，表哥和差头师傅打招呼的分贝都比平日高了两度。

伊时差头的起步价是5元。

不知道哪一天，马路上的差头颜色各异起来。湖蓝的是大众，金黄的是强生，白色的是锦江，绿色的是巴士。我心理有个小小的排序，首选锦江，大众强生次之，巴士备选。其实在当时，这几家几乎没有什么区别，只是白色看上去最清爽，而且锦江的车不多，因而显得难得。

上海的差头一度在全国是有名的，有名的干净。差头一天上上下下这么多人，但是车里非是要套上白色椅套，甚至还标了礼拜几换洗。煞清爽，煞挺刮。差头师傅大部分是老爷叔，一度（应该是大众）老爷叔都是有规定着装的：白衬衫深西裤，还有白手套（竟然！）。老爷叔没生活的时候，就拿鸡毛掸子把前座后座来回掸，车厢干干净净，顶多旁边放一只灌着茶叶水的雀巢咖啡瓶子。到中午的时候，一些小巷子里的差头定点饭堂一排生停着车，湖蓝一片，金黄一片，老爷叔剔着牙嘎着山胡。有时候我急，又怕师傅没休息好，上去是要发发嗲的："爷叔，饭切好啦，走伐啦？"爷叔白白侬眼睛，旁边的爷叔们就哄哄伊："哦哟，人家小姑娘急事体呀，侬勿要摆彪劲来！"，然后爷叔就没好气地开门："上来上来，看侬小姑娘哦！"。一启动油门爷叔就恢复模式了："到阿里的去？（去哪儿？）走高架还是地面？陕西路弯到延安路，隧道过去哦！"对的，有一阵子是要求讲清楚路线的。

一直出差，在不同的城市打车。然后一回到虹桥机场上了车就和差头爷叔讲故事（吐槽）："爷叔，侬勿晓得哦，昨天在某城叫部车（觉得外地的出租都不能叫差头），上去没几分钟，哐啷当，车门落下来了伊刚！！侬真额勿相信哦，司机跑下来看看，说没关系的，哐啷当，又拿门装上去咯伊刚！！”我在那里拍着胸口和老爷叔讲着我大大小小的出租车历险记，爷叔笑得来昏过去，然后喝一口雀巢茶叶水，“赤那，迭眼地方搞勿好了！上海好迭能瞎搞啊，阿拉迭能瞎搞要切排头额哦！糟水才要坍光来！”

又不知道哪一年起，大马路上白色车几乎没有了。又多了蓝色的蓝色联盟和红色的法兰红。但是我一直不要叫他们，看到空车也宁愿多走几步打后面的大众，这样就经常被蓝色和红色的司机骂。

但是慢慢的连大众车老爷叔也越来越少了。司机年纪越来越轻，表情越来越酷，普通话也越来越标准了。哦，白椅套没有了，说这样三天两头换太浪费，太不环保，所以都清一色灰灰的皮座了。

下午3点15分，我在中山西路打了一辆出租。上车，我说：“师傅，去淮海路好伐”。司机转过头：“啥？！”我一秒钟的空白，确定自己是在上海的街头。赶紧换了普通话：“去淮海路陕西路口。”“啥？不认识！你能给指个路呗！”然后半个小时，我开着导航，紧紧抓着把手，在车流中看着司机抢道，实线变道，双线变道，左侧抢道超车，一路抢灯飞驰而过。那一瞬间，我像在一叶飘摇的扁舟里，看着延安西路两侧的高楼徐徐往后，那些白色的，蓝色的，金黄色的差头以及他们的老爷叔们渐渐淡入了黑白。

年纪真的大了，开始怀念所有逝去的东西，以及被偷走的岁月。

陈美新你在哪里

中介带她来看房子的时候，我一眼就满喜欢的。我一向对好看的人或者事都心生宽容，所以她怯生生地说因为金融危机，可不可以把房租降一点？这一降就是15个点。

不过我对她的好感度仅维持了2个星期。

“房子太冷了，空调不热。”她一清早打电话给我。

“管道好像有些问题。”我刚刚好不容易睡着。

“我的衣服没有地方放，能不能加个衣柜。”我开车时接她的电话。

我从虹口迢迢地跑到徐汇，教她正确使用遥控器的方法；远程联系物业去帮她检查厨房；然后又一个人跑到宜家帮她买衣柜。在自提货架区拼命把木板往推车上搬，一头刚挪上去，车轱辘就滑开了。我用膝盖顶着推车，一屁股坐在地上就兀自地哭开了。

“空调还是不好，你帮我买一个取暖器吧。”她又来电话，我挂了电话立即电联中介，说请这个姑奶奶搬吧，我还她押金。

是的，伊时我的生活正一团糟，自顾不暇，哪儿得空再来伺候你大小姐。

之后她再也没有打搅过我。因为中介应承了帮她处理所有的事情。按时把帐单交给我，我只需每过3个月去取一次房租。

深秋的时候，我和她约好了去取钱。房门一开，她盈盈而出。我倒是惊得一吓：门窗洞开，风呼啦啦地进来，满屋子的纱幔猎猎地飞起来。我的嘴还没有合拢，整个房间除六尺的床外，两堵墙几乎三分之一的地方挂满了她的衣服（这时候我打心底地理解了她对衣柜的迫切需求）。我的玫红鸦片床已经成了她的工作台，角落里蜷着一个小家伙。听到说话的声音，转过头来，脸上是没睡醒的酡红。

“叫阿姨。”她招呼小朋友。

“这是你的孩子？”我很是惊讶。她看上去二十七八的样子，小孩子已经小十岁的模样。

“是啊。”她搂过小朋友，笑笑说。

离开后我心里暗自决定以后对她好一些。

再三个月后，我没有收到她的租金。我给她打了电话，她说很快，不过又没了下文。我气冲冲地又从虹口往徐汇赵：我对她好一点的决定并不包括她可以不付我房租！

她在电话里和我说她和先生在讨论些事情，让我在楼下等她一下。这是我第一次听她说有先生。于是我在楼下把车熄了火，打开101.7。两个小时后，她下来了，在这期间我已经又若干次冲动，比如直接上去敲门，比如立即让中介来收房子。不过她还是下来了，一双眼睛几乎肿成了一条缝，她把钱如数交给我，说："对不起，我和我先生在吵架。"

回去的路上，我一边开车一边决定，我还是应该对她好一点。

不过显然我是没有机会了。不久，她给我电话说对不起，她不能租下去了，愿意赔付我一个月租金。

我气鼓鼓地再次从虹口赶到徐汇。真心希望她搬出去，不要再来烦我了。

然后我一进门就看到那个男人，叽里哇啦地冲着她喊。她坐在床沿，低眉顺眼的样子。看到我，她快速地对男人说了句什么，然后很抱歉地冲我弱弱地笑了一下。男人劈手抢过手里的帐单，完全没准备把我当外人的样子。然后从钱包里掏出人民币递给我。不带一丝温度地和我说了声：Thank you！

回去的路上，我一边开车，一边恨恨骂了一声：哼，小日本！

再之后，我来收房。一屋子的衣服没了，漫天飞舞的纱帐没了，连着我的一个窗帘扣，厨房隔板也没了。鸦片床上留下一些墨迹：她是画画的。

两年后的今天，准备搬家。从厨房角落里一格间发现一个纸箱。里面有一筐写着陈美新小姐收的信札；一个箱子里有陈美新小姐和某先生2000年婚礼的VCD；还有陈美新小姐代言某美容产品的合同和宣传册。

陈美新小姐，你在哪里呢？

一个老少年的卧底人生

[玩偶奇遇记]

少年马良脸上被涂成“烂桃子”，穿着白衬衣蓝裤子，被领到南京路上。

> “突然之间，某个声音在远处大吼：‘车来了！’……我们双手持着五颜六色的半圆花环，一上一下地从半腰里猛地举过头顶，每个人都在用尽全力地蹦跳，在原地做‘在希望的田野上’奔跑状，两个脚跟都要轮流砸到自己的屁股，嘴里要齐声大叫：‘欢迎欢迎，热烈欢迎！欢迎欢迎，热烈欢迎！’”
>
> ——马良《人间卧底》

少年马良也许不晓得，马路对面有个一样“脸上涂着异常猛烈的红色”，穿着白衬衣，红裙子的小姑娘泪眼模糊，蹦跶两下，抽嗒两下。小姑娘的学校一样接到“欢迎外宾”的任务，已经连着好几天被留下来排练“热烈欢迎”。小姑娘觉得被选中去南京路，还要喊拍子是老老光荣的，跳得卖力地不得了，头上的红纱蝴蝶结都要被跳掉了。然而就在几分钟前，一个看上去很严肃的大人过来，随手就把小姑娘拉到最旁边去，换了一个高个子的女生。小姑娘不知道还要不要喊拍子，又不敢不跳，只好哭哭跳跳。

少年马良早早就明白了这种感受叫“屈辱”。少年马良心里明堂堂的，从那时候起，他便决定“长大后不再让任何人摆布，只过我自己想要的生活。”

[三个疯子] 和 [学校门口的拾荒人]

少年马良见过许多疯子和奇怪的人。

一个是“重机枪”，每每走到青海路吴江路口，拆出几包当时价值不菲的香烟，一把塞到嘴里，然后划了火柴胡乱地点着。直到浓烟从脑袋四处争先恐后地冒出来，他再突然把一嘴的香烟吐得老远。“围观众人齐声叫好，大家好像憋了这许久，就为了等着这一下。”

第二个是“灭四害”时专心致志捉苍蝇的。但是捉到之后“细心用两个手指轻轻夹起他的战利品，然后……然后猛地张大嘴，把苍蝇准确又迅速扔进嘴里。”

第三个是在他家弄堂尽头的垃圾桶里翻东西的路人。后来马良的姐姐告诉他：

“你说的那个一直在翻垃圾的男人原来是个钢琴家，‘文革’时候被造反派切掉了两手的小指，当着他的面扔到了那个垃圾堆里，他从此便疯了……”

——马良《人间卧底》

少年马良还见过一户拾荒人家，在他小学的附近。几年冷暖人生后，拾荒人家终于搬进了棚屋后的大宅：她们原本的家。

少年马良也许不晓得，离吴江路往东几公里外白渡桥附近。和他一起跳“热烈欢迎”的小姑娘也在弄堂里热烈地拍着苍蝇，拿筷子小心地夹起一只只苍蝇放到玻璃瓶子里。弄堂里有一个翘脚，在后面街道厂子里做生活，翘脚的声音很好听。翘脚没有疯掉，他熬出了头，几年后在电视里看到他了。小姑娘的学校旁边是一所教堂，所以学校以前的名字也是这个教堂的名字。小姑娘的音乐课老师是一个终日穿旗袍的老太太，老太太住在学校后面，一个人，十几只猫。

少年马良早早就明白了这些故事后的悲伤：“这是一种多残酷的守望啊，这颗伤痕累累的心又该多倔强，才能忍受得了这样得沧海桑田之苦……”少年就这样一夜就老成过去，这些人世间被众人围观的悲喜剧，众人笑笑开心过了，留下少年一人在那里。

[人间卧底]

少年马良十七岁在太湖边上遭受了他青春期“最惨烈”的教育。

白天，少年马良和其他少年们呼啦啦地出门，撒欢在湖光山色村野田园写生。到了夜里，所有的画，他们的孩子，都会堆在一张乒乓台上，等待一场残酷检阅。坏脾气的带队老师：一个三十郎当的男人会当着少年们的面，风卷残云地清除掉所有他看不上的作品，然后，再“踏上一只脚”。少年马良顿时“万箭穿心”：

> “我只觉得那些阳光下曾见过的所有美好事务瞬间都黯淡了，我笔下曾经细细流淌的温情，那些慢慢在纸上堆积起来的热爱，顿时土崩瓦解一文不值。”
>
> ——马良《人间卧底》

少年马良也许不晓得，在外白渡桥附近的一所中学。一个15岁的少女也正在被“踏上一只脚”。少女刚回到这个城市不久，英语和班里同龄人差得不是一点点。不管她的手举得再高，洋气的英语老师从来看不到她。少女渐渐就满不在乎起来：你们看不到我，我也看不到你们。后来少女的家里人去开家长会，又羞又恼地回来：老师当着全部家长面说你家孩子没教养。

少年马良早早就明白“在一个一无所有的少年将全部骄

傲都孤掷一处的日子里，屡战屡败的我最终只能学习去演一个冷眼旁观者，表现出满脸不在乎的样子”。是的，少年们成为了一个坚硬的成年人之后，都可以冷静地叙述少年时经历过的残酷。

我们“不动声色的，活在世间，像个卧底”。

如果你在七八十年代也穿行在上海的这些大街小巷，你会明白马良在说什么。

《私人定制》非影评

片头演职表我特意找了一下：嗯，编剧真是王朔。

有一点是不争的，这是部致敬片，向16年前的《甲方乙方》致敬。再往远里，向《顽主》。谈到致敬了，我想王师傅和刚导心里可能也明了：一个时代算过去了。

从致敬的角度讲，葛大爷制服毕挺地一出来，就看到了精减版的英达。葛大爷的原声在黑白影调下我都听出了邱岳峰的韵味。“德国人不弹波兰人的曲子”，呵呵，我在心底都笑了。这是他们的世界，王师傅的大院军装孩子，跟在后边哄架的冯裤子。他们是叶大鹰的红樱桃，是属于姜文阳光灿烂的日子；他们听着喀秋莎长大，痴迷二战的之鹰之狐元帅将军，他们叫着自己瓦西里就呵呵笑了，要去追个姑娘就说：阿米尔，上！最后装腔作势地相互劝慰：面包，会有的！姑娘，也会有的！可是啊可是，二战真的过了半个多世纪了，今天的头条都是王宇直们的，巴赫是德国人还是波兰人真的没有人关心了；高更爱的是大溪地的姑娘还是梵高都喜大普奔。王师傅和刚导招招想掏心，可是，接招的人呢？真的好寂寞，累觉不爱啊。

两个十年之前的王师傅和刚导（以及后来的石康）是什么？是混不吝二世祖，嘛嘛瞧不上，谁谁看不起。反对高大上，反对假大空，反对假正经，反对大情怀。到今天，他们的余孽依然在微博横生，只是，前混不吝们是要摆足了姿态，把根子里那些个大情怀小布尔乔亚包裹得严严实实，被人窥见就掉了份；后混不吝们，呵呵，不说也罢，就剩了姿态了。所以说，情怀，他们是真有情怀的。王师傅和刚导显而易见地老了，他们的情怀满溢得拦都拦不住了，所以借着范伟在那里骂贪官，恨腐败，一把一把的老毛头像砸过去，谐剧将将地就往正剧去演了。呵呵，我在心里又笑了，杨重在一旁也该笑了吧。他和王师傅和刚导一起，手牵手终于成为了他们曾经反对，嘲笑的那些他们。

王师傅和刚导是真正不想陪你们玩了，所以紧着使劲涮自己一下子。李诚儒（必须叫大拿啊）当年那段精神病院的独白之经典，口口相传了多少年啊！如今让他弹棉花！弹棉花！！刚导说，我这么低了，都低到尘埃了，你们还想怎样！！

所以最后丹丹阿姨的出场完全是为了引出镜头把剩下的

赞助商logo拉一遍的。然后，负责终极煽情的么?

饱受非议的最后集体诗朗诵，我是有不同看法的。我相信这是王师傅和刚导的肺腑之言，还是情怀在那，都活到这个份上了，实在也是看不下去这些糟心的事儿。眼里的沙子，趁机会也揉一揉。再说，人都娱乐你们这么多年了，不想玩了，还不让人最后好好教育你们一下？！

关于孩子的满满恶意

重庆十岁女童虐婴的新闻让大伙伴，老伙伴们都惊呆了。我没有去看那个视频，怕看了又得缓好几天。然后一时间声讨国家反省教育又甚嚣尘上。

我想大家都是被“十岁”女童的满满恶意给吓坏了。

我要先说件自己亲历的事。很久很久以前，我和朋友小S去做客。主人家是标准中产：术业有专攻的夫妻档，标配的大别墅和宝马车，学芭蕾的天使女儿，以及，虔诚的基督徒家庭。我们在开满鲜花的后院子准备烧烤。主人在里屋忙得不可开交，洋娃娃般的女儿在我们面前一圈圈地旋着芭蕾舞裙。嗯，这应该是多美好的一个午后。忽然意想不到的一幕就发生了，可能小天使太过愉快，手里拿了一个树条就抽向小S，由于太猝不及防我们都不知如何反应，小天使抽打

我们无法接受孩子满满的爱意，
是因为我们一直以成人的优越
低估孩子的心智。

的兴起一下下更重了。我觉得无法不阻止了，说了句“亲爱的，不可以哦！”。也许你无法相信，小天使听了我的阻止立即沉下脸咬着嘴唇，愈发变本加厉起来。我们正手足无措之时，女主人出来了。这时候你更加无法相信的一幕出现了，小天使扔了手中的树条，嘴一撇无比委屈地哭起来扑倒在她妈妈的怀里。

嗯，这是让我印象无比深刻的一幕，很长一段时间看到熊孩子都心有余悸。甚至开始回忆反思自己，儿时是否有如此深深的恶意。或者事实上在人之初性都本恶，不过在教化中有了畏惧，懂得恻隐？人类作为兽界的一份子是否本能地在征服和施虐中获得快感？这个命题当年狮城舌战最火辩论队胜出的是反方论点：“人之初，性本恶”。

你有没有见过幼儿园几个孩子推搡一个孩子就因为他流鼻涕？

你有没有见过小学一个孩子吃了个“大屁墩”所有的孩子都是哈哈大笑的？

你有没有见过一群少年比赛扔石头，扔的是一条小狗？

我们无法接受孩子满满的恶意，是因为我们一直以成人的优越低估孩子的心智。

不妨看一下影片《We need to talk about Kevin》，如果你看了倍感绝望，不要怪罪我。

将电击进行到底

关于Milgram的电击实验不止一次听到。不过今天是完完整整从头看到尾。忽然就想奔回家里打开电脑写点什么。

在此之前，从来没有认真想过这个问题：关于我们每天都会对他人，或者他人对我们的：服从（Obedience）。

我可能需要大致地重现一下Milgram这个充满争议的实验。

1961年，耶鲁大学的实验室。若干普通的成年人受招募来参加一个关于“学习和记忆”的实验。

他们通过抽签成为“老师”或者“学生”的角色。“老师”被要求指导“学生”学习一些词汇，如果“学生”出错，“老师”就要按下电击按钮以“惩罚”学生，电击的强度从0至450伏。

一个抽中“学生”的参加者当即担心地说，有危险么？我的心脏可不太好。

很安全，只是有点痛而已。教授说。

“老师”1登场。中年男人。

“学生”频频出错，电击强度一点点增加。

“老师”增加了几次强度，玻璃屋传来“学生”受电击的叫喊声。

“老师”摔下耳机，转身对教授说，对不起，这我干不了，那可怜的家伙受不了了。

教授说：请继续实验。

“老师”说：不行，你不去看看那个家伙怎么样了么？他可有心脏病！

教授说：请继续实验。

“老师”：不，我不干。

教授：你不能不继续。

“老师”：凭什么我不能？

“老师”2登场。中年男人。

重复了“老师”1的步骤，玻璃屋传来“学生”的叫声。

“老师”2困惑地转向教授：那家伙在叫。

教授：请继续实验。

“老师”：你确定要我继续么？

教授：确定，请继续。

“老师”转过头去，又加大了电流，“学生”更凄厉地叫了起来。

“老师”：天哪，那家伙受不了了。

教授：请继续。

“老师”：可是，他要是出事了怎么办？

教授：和你没关系，我负责。

“老师”：你确定？！是你的责任！

教授：我确定。

“老师”回过头去，一边摇头，一边又加大了电流。

玻璃屋传来学生更凄厉的叫声：“我的心脏病发了，天哪，你不能再电我了，我要死了，让我出去。”

“老师”的手开始颤抖，站起来：那可怜的家伙心脏病犯了，你们去看看出事了没有？

教授：请继续。

“老师”：这可是你要我继续的。

教授：是的，你必须继续。

“老师”已经表现出明显焦虑，但是，还是再次加大电击。

学生，已经没有反应。

“老师”：教授，他已经没有声音了，他死了么？

教授：请继续。

“老师”不可思议的，但是，还是继续加大电流。

……

一个中年妇女在整个过程中接近崩溃，几乎趴在桌上泣不成声，但是，她依然把电流加到最大。

另外一个中年男人，听到玻璃屋的惨叫声，不可抑制地笑了出来。

……

你一定想不到，把电击进行到最后450伏的实验者比例达到65%。

当然，实验的最后，教授向参与者揭示真相：事实上没有任何人受到电击，“学生”都是他们扮演的。目的在实验个体在“权威”的服从可以走得多远。

那65%将电击进行到底的普通人，抑或释然了，抑或没有。

是的，只是需要说“不”！只是需要问一个“为什么”。

庸众的服从，是极其容易被操纵的。

不质疑的服从，就形成了庸众的恶。

这样的恶，一次次造成世纪灾难。

作为犹太人的Milgram，实验的出发点就是想弄清楚犹太大清洗的群体行为。

1962年，当Milgram完成他的报告5天后，犹太屠夫希克曼（Eichmann）被处以绞刑。

4年以后，东方红，太阳升。作为大多数的“人民”又将历史演了一遍。服从，更变成一种狂热的仪式。

所以说，历史确实是人民创造的。

脸 盲 症

“脸盲症”是一个专有词：Prosopagnosia。

我有一个很坏的毛病，就是不认人。许多时候让我颇为尴尬，比如说经常碰到一个人迎面而来热情四溢地从我妈问候到我外甥女，我一面拱着笑脸，一边费力地在脑海中四处搜索，结果经常是未果。于公事来说后果就严重得多，经常在各种场合碰到一张似曾相识的脸，脑中却一片空白，心里祈求对方在言语中能提供一点线索，让我有顺藤摸瓜的可能。坦白地说，每次去客户公司，我都需要打起十二分的精神，一种方法是戴上墨镜，低头走路：没有看到总比看到了不打招呼来得得体；另一种方法是实在避不开，又实在叫不出名字，就含糊地把姓带过，将称呼拉高尾音，比如说：××（含糊音）先生（重音）！！侬好呀（强音）！！！每每得逞。

我最离谱的脸盲有以下几例，颇为经典。连我自己都觉得应该载入脸盲症的史册：

一则：

公司有小朋友叫赵云的。

第一次见他，是新人，我说，你是……他答曰：赵云；

第二日见他，面熟，说，你叫……他答曰：赵云；

隔几日在和平饭店，他和另一女孩叫小白的前往，我见到他，叫："小白"。他很客气的纠正：我是赵云。小白在旁边补充："我是小白"。

再后一日，我迎面遇上他，脱口而出："张飞！"

我相信那以后赵云就绝望了，因为自此之后只要我们狭路相逢，他都会第一时间说："我是赵云！"。

二则：

大卫在北京的两个小朋友，一个叫代剑，一个叫王浩。

王浩第一次来上海，我问，你是新来的？他说：不是新员工，我是王浩。

没几日王浩又来，我又问，你是新来的？他说：上次你问过我，我是王浩。

我在心里用力提醒自己，记住记住，王浩王浩！

过几日到北京，和大卫，还有一小朋友一起回沪。

大卫知道我的痼疾，提醒说，他是代剑！！不是王浩。

我们开始聊天，代剑说他想去看外滩。我在心里记：要看外滩的是代剑，要看外滩的是代剑。

第二日在上海和大卫以及小朋友一起去吃新疆面。

走在路上，我瞥了小朋友好几眼，终于鼓起勇气说："你外滩去了吗？"

大卫忍无可忍地说："他是王浩！！！"。

这就是我惨痛的脸盲病史。之前我一直在内心谴责自己，要用心记人，因为我的记性并不坏，我从来不忘记事情，但是我记不住人。忽然近日在科技专栏看到介绍《脸盲症》的文章，豁然开朗，原来这还真的是一种病，而且惊喜地发现，和我一样受此困扰的人还真不少：

"脸盲症（在希腊语中，prosopon意为脸，agnosia意为不知）具有很强的遗传性，令人惊讶的是，这种疾病实际上比较普遍，患者感到非常痛苦，其患病比例约为五十分之一，单在美国就有500万患者"。

神奇的是，连他们的应对方法都和我如出一辙："多数脸盲症患者早早练就了应对技能。他们可以根据诸如发型、声音、步态或体形等特征来辨认对方。他们会尽量避免去能够偶遇熟人的地方。当行走在大街上，他们装出一副若有所思的样子。他们要么对每个人笑脸相迎，要么对所有人置之不理。简言之，他们会发展成为伪装自身官能障碍的娴熟专家。格鲁特说："这也正是那么长时间以来，脸盲症患者'堂而皇之'走在人们面前，不露蛛丝马迹的原因所在。"

但是，我马上又恐慌起来，因为文章又说："这种疾病被认为是极其罕见的现象，主要是由大脑损伤所致。"原来我的大脑竟然是有缺陷的？！

好吧，如果以后我在大街上见到你同时置若罔闻地和你擦身而过，你一定要原谅我，一定要原谅一个大脑损伤的病人。

关于PR的良心

PR有没有良心，见仁见智。

我在这里还是要重复一遍PR的定义。

“The deliberate, planned and sustained effort to establish and maintain mutual understanding between an organization and its publics.”——Institute of Public Relations

对于PR操盘手来说，重要的是“你猜得了开头，也要猜得到结果”。不过，也不全然如此。入行头几年为客户A做一个案子，案子的雏形是公司的一个奖励旅游。不知怎么的，我们一搅合，就生生的把目的地从芭媞雅转到了革命根据地井冈山，完成了从粉色之旅到红色之旅的质变。后来我们到客户公司开会都贴墙根走，否则是会被他们员工的唾沫淹死的。又一天沟通会时，为了把支援老区的精神贯彻得更彻底，我们提出了一个爱心长跑。在关于跑100米还是200米还是跑一半，车子送一半等等的原则性问题纠缠了整整半天以后，我们又弱弱地提了个小要求，能不能请各位大爷小姐每人带两本书或者学习用品，以便在长跑终点让爱心活动划上一个完美的句号。顿时又一片哗然，带多少，有多重，要少带多少衣服零食了。做PR要紧的是：你不但自己要有些情怀，还必须帮客户端着情怀，在他们需要的时候双手奉上。

项目的过程不想冗述，在现场的最后一刻发生了戏剧性的变化。当长跑终点那些“经组织”的当地孩子一个个拉着我们的衣服，抢着我们手中的一支笔，一块橡皮的时候，很多人毫无防备地哭了，包括那些计较着带书还是带零食的大小姐们。她们一边抹着眼泪一边说，“我蛮好少带点吃的，我蛮好再多带书的。”我惊讶地旁观这一幕，虽然我相信这样的良心并不一定具有持续性，但是，至少，PR触发了良心的偶然发生。

PR的发生是源自于利益群体的主观性，这就决定了PR不是偶然发生的，一定有“幕后”主使。而PR公司，就不外乎是“幕后”在台前的枪杆子而已。千禧年后，我们又上演了一出良心的大戏。案子B，那几年正是希望工程红红火火的好时光，我们也将这个工程修到了海边的一个小村。这个项目中的错综复杂可拍成一出平民版的《无间道》：比如说，我们在村长的带领下来到“最具代表性的贫困生”家中。茅屋两间，家徒四壁，有“生病无钱医治的”父亲，“人穷志坚”的姐姐和“即将失学”的弟弟。在我们的镜头中，有姐姐“含着泪花”的眼神，和弟弟“纯洁无辜”的笑容。一切都完美无缺。对PR来说，镜头中充满对比的画面构图和特写完美地传达了我们所需要表达的主题。是夜，我们在一起有些唏嘘，唏嘘这些孩子不过成为PR的道具，用剪辑师的语言说：“素材”很丰富。第二天早上，去学校拍校长的时候，碰到项目组的女生很落寞地在那里。问怎么了，女生沮丧地说，因为惦记着那姐弟俩，一早专程去想送点东西给他们。结果到茅屋里没找到人，后来发现不远处有他们“真正的家”：“父亲”也没什么病，生龙活虎的。姐姐眼神一点也不感人了，还大声骂着弟弟叫他不要乱讲话。我们皆骇然并默然。项目组女生一脸“我本将心对明月，无奈明月照沟渠”的沮丧。PR与反PR，用的都是PR的招。有良心的一点终将落在下风。后来又知道，那村里专门有几个定点探访家庭，谁和校长，村长关系好，谁家就有机会演这出苦情戏，当然，赚的不止是眼泪了。

最近的一出良心戏倒不是我们策划的，PR的良心和非良心，只在一线间。即便是你真的良心，也在操作中被完全赋予了不同的意义。案子C应该说是相关公司内部文化建设吧，不外乎是员工关怀，人文精神。不过是碰到了一个终极的例子，对象患了重病，真的要不久人世了，PR中有一个重要的元素是“be planned”（计划），但是，人的性命显然是不能被“Planned”（计划）。但是PR还是在运作了，我们的镜头开始转动，PR对象的亲朋好友被一一挖出，老板上司在镜头前一一过场。病人在镜头前艰难的说着谢谢XXTV之类的“台词”。我们默默地看着视频素材，忽然有人说：“话筒不要入镜，否则太不真实了。”这句提醒在一片沉默中显得那么突兀，以至于一时无人应答。末了，角落低低地有人回应：“人家是个病人，你不能让人吃NG吧。好在我们有后期，我们可以用慢镜头，可以用跳帧，可以配上感人的音乐……”。

在圣诞的那个晚上，电话来说，人走了。我们又沉默了半晌。开口的话却是，镜头用圣诞的烟花么？这样对比感更强烈一点，然后画面到黑白……

这就是PR的良心。

实 习 生

那天看到新闻，转头和他们确认：这个谁是那个谁么？他们说：就是啊。

十年。

我进办公室的时候发现二楼多了两排桌子。HR说，新来的实习生。每年这个时候，公司都会出现一些新鲜面孔：他们大抵身材单薄，裹在一身显而易见不合身的正装中，脸上或隐或现的痘印旺盛地表达着新陈代谢。他们从进公司的第二天开始从王佳妮，谢俊豪变成维多利亚，亚历山大，但直到一个月后仍对这些他们颇费心思取的名字有半分钟的反射弧滞后。他们或轻巧，或莽撞地穿行在不同部门中，完全凭运气撞上善意或者不善意的主管。他们是他们的主管的过去式，每一分钟提醒着这些旧人的过往曾经。

我知道，一年后的今天，复印机前那个毕恭毕敬的维多利亚或亚历山大，会在消防门的过道后，互相点支烟。然后吐槽完WTF的一天后，不经意地问一句：你们组新来的实习生怎么样？能干活么？

实习生就像青春期马拉松作最后的百米冲刺，倏——的一下就过去了。青春期就算结束了。

所以第一眼看到杰西卡和维多利亚的时候，她们几乎还没发育完全，一水儿大学女生的清汤挂面，毫无粉饰的脸上时而架一副玳瑁近视镜。我有严重的脸盲症，很久不能把人脸和名字对上号。后来不得不记住略高大结实的叫杰西卡，维多利亚貌似就应该是小巧单薄一些的。

她俩做一个项目。杰西卡被派驻客户公司，维多利亚留驻自己公司。

实习生经常会被外派到客户那里做项目。其实是客户的人事预算紧，那些零碎的事情，总是要有人做的。实习生从一个新轨道倏的被切入到一个新轨道，接着又一个新轨道，他们来回于自己公司与客户公司之间，努力腾挪，搞清那些他们要提防的，寻找他们可依赖的。我可以看到他们眼中的惊魂未定。他们百米冲刺的时候不知道一脚踏入职场，也就比如踏入屠宰场。当然，我们不会告诉他们有怎样血雨腥风的以后，我们告诉他们：这叫做成长。

杰西卡再次坐在我们面前的时候，是因为公司的系列失窃案。手机，摄录机接二连三地失窃，人心惶惶。再一次手机失窃的当天，行政部把所有该时间段中出入的内外人员汇总，然后和所有公司同事做调查询问。我所有的记忆都浓缩在那张脸上，在向她询问时，她小小的脸随即变了色，不知道有多少化学反应瞬间发生，我几乎能看到在皮肤下狂奔偾张的血脉。仿若受到巨大的羞辱，是的，如果我没有误读的话，她满脸写的应该是这两个字。

哦，我心中凛然了一下，实习生啊！她的心脏简直嫩得像刚被掏出来一样，纤毫毕现。我们这些主动脉硬化后期的职场老鸟，我们学会隐忍，懂得屈伸；卑亢不意，宠辱无惊。我们的心脏是可以拿出来击石的，而她的心脏碰了个鸡蛋，已然鲜血淋漓。是的，那个叫自尊的小宇宙电石火光地爆发开来，希望烧得对方片甲不留。但是末了，能够做的就是高高昂起头，然后笔直地离开。这是太过深刻的一幕，以至于之后所有的片段都陆续淡入淡出，只有这一幕牢牢占据着前景。

之后杰西卡就离开了公司。失窃案不了了之，却也没有再发生。我进出办公室，有时看到维多利亚一个人坐在那里。我不会再弄错她的名字。

杰西卡留在了客户公司。有一次听到她给客户部打电话来，已经完全是甲方的颐指气使：你们来一下。这一句“你们”算是和过往曾经的彻底清算。

在之后的几年，我进出遇见维多利亚，她乌发渐卷，眉眼如黛。将一身深V穿得错落有致。一次我逗她，说姑娘长开了，Cup升到B了，她认真地纠正我：No，是C。是，成了烟视媚行，我行我素的女子了。

又一次VIP会议中，见到一身藏青套装的杰西卡周旋其中，进退有度，张驰有道。所有举手投足，甚至语态声线都忠实复刻她的领导，标准丛林法则的赢家风范。我与人玩笑道：这算都出师了。

如果说职场是屠宰场，杰西卡留下的公司堪比1933老场坊了吧，所以一场大屠杀开始，原也是避不过的吧。

当年行窃的那个贼，可能就是在巴西那只煽动翅膀的蝴蝶吧。

麦田守望者

公司新近搬家，从五原路的老房子搬进了市中心的大楼顶层。在迁址庆典上，总部的C同事对着墙上的那段话饶有兴致。我知道，因为几乎每个跨进办公室的老外同学都问过我类似的问题。

1997年新公司注册取名。

所有开公司的新人撞的第一面墙可能就是取名注册了。你所有寄托着大理想和小愿景的名字在经过工商局的扫描之后都会灰飞烟灭。公司建立最之初的一个名字也是费了周张的。后来K闺蜜不耐烦了，在那任工商阿姨随机挑了一个，“喏，就是这个了。”那个名字虽然随机，但立意不错。我以为是的。

2003年前后公司变更要重新取名。

所以重取名又是一个撞南墙的过程。作为一个资深创意文案，先开始准备20个一组给他们杀，再50个一组给他们继我们从梧桐树荫里的小楼搬进了CBD商务大楼。
那面小墙，就作为一个小小的碑片。
保存我善意的一个小谎言。

续杀。文案是可杀不可辱啊。不过，这点事儿算什么呢？那时候我们去竞标做演示，轮到我们一进去，客户起身头不抬就走了；那时候，项目开始前三天，供应商踮着小脚跑来说声对不起买张机票就逃了。那时候，在户外路演报了所有手续，但派出所要来关就关了，把我押在所里，因此我就不停装哭，不停装哭。

大学时看的第一遍《麦田里的守望者》，不喜欢。一个什么都不对劲，什么都较劲，不就一个什么都Goddamn的loser！我想，你他妈的整天不务正业，除了闲逛，泡妞，混夜场这副操行还瞧嘛嘛不顺眼，F××k来F××k去，有什么可沮丧可愤怒，装什么愤青啊？是的，我就带着这样的正能量小宇宙“倏”的，毕业了。

所以若干年后，当我打开电脑，准备在空白文档上取下一个50个名字的时候，嘴里已经不知道F××k了多少回。忽然我发现，我TMD不就是《麦田里的守望者》的霍尔顿么！满腔热情地一头扎进这声色犬马中，我是真想做点事儿，做好点事儿啊！我真正想做个好创意啊！我也真正有着一腔热情的做个专业的传播从业者啊，那我这整天介的和谁在斗智斗勇呢？整天介的被荒掷创意，浪费体力，耗费脑力，还有——欺骗感情啊？！那个悬崖，霍尔顿的悬崖，原来他是那么地那么地那么地那么地希望：没有！一个！！大人！！！

所以，我敲了“麦田”两个字，工商局阿姨神奇地批准了这两个字。我也离开霍尔顿的悬崖，成为了一个大人。因为霍尔顿最终是需要看精神医生了，连塞林格前两年也去了。

所以我们也从梧桐树荫里的小楼搬进了CBD商务大楼。那面小墙，就作为一个小小的碎片，保存我善意的一个小谎言。再下一次搬家，它可以不存在了。

因为，我们都是大人了。

我有一个朋友（一）

我有一个朋友F。

最近的一个饭局上，我和F说，我得写写你。F一拍桌子说：“好！来，个么先干了这一杯。”

到过年我就认识F整整二十年了。

我觉得写F必须从《古惑仔》系列开始。F下班换好便装，一件黑底碎花的衬衣，一条赭红瘦腿牛仔裤，系一根满是铆钉的铜扣皮带。即便之后所有的画面都淡出，这个镜头始终牢牢占据着我记忆的前景，鲜活一如昨日。

F嚷嚷起来，说我在诽谤他，他从来不记得自己有这般装束。不过一回头，他还是不忘记叫我，洪兴十三妹啊。然后自己就呵呵乐起来。

这是很美好的一段记忆。我们都年少轻狂，少不更事；双十年华，得挥霍且挥霍。我们常常在那间不足二十平米的小办公室里混到下班时间，便成群结对地呼啸到饭店，末了，几张固定的面孔又从城市东南西北汇聚过来。一群人在酒桌上毫无长幼次序地称兄道弟，主要目的是灌完面前的酒。夜幕降临后又成群结队地呼啸到衡山路。一进酒吧，F就在吧台拗好造型，深情款款地对Waitress说：“《Smoking in your eyes》，please”。有时候这样浓情蜜意的气氛并不能维持很久，画风就会突转为各种砸酒瓶，掐脖子的暴力美学风。之后有个英雄被美人救的版本，说美人迢迢地赶来解围，趁机在那里千迴百转地表白，半晌，发现F竟然睡着了。

是的，他竟然睡着了。

嗯，兄弟，女人。F是对《古惑仔》身体力行的。

兄弟

“我们出来混的，就靠三点，够勇，义气，兄弟多！”陈浩南说。

F的兄弟们后浪前浪，生生不息。

我说那谁谁谁，F手一挥，“那是我大哥啊！”。

我又说那谁谁谁，F又一拍掌，“那都是兄弟！”。

我需要用一个无休无止的长镜头，穿过无数觥筹交错，杯光斛影，那些旧的脸庞陆续地退出了，无数新的脸庞又替代到幕前。

我们走南闯北，出差到大大小小的地界，也都会神奇地冒出各种兄弟。F到东北就操着大碴子话，到南粤就讲识听冇识讲的鸟语；南方人把他当北方人，北方人把他当外国人，外国人把他当混血人，我们，把他当新疆人。

F黑白无界，人鬼通吃，F和他的兄弟们在Club掷骰子，宿醉在澡堂子，签合同也要在浴场光着膀子，没日没夜地赶着一个个场子。好像F在哪里都可以风生水起，F到哪里哪里都是江湖的坑。

但是江湖有热闹有寂寞。夜深人静回到酒店，有时看到F一个人在房间斜斜坐着，头歪在一边，电视机里的球队无声地跑来跑去。

一次，F来电话说还在和客户喝酒。我过去，说客户人呢？他说刚走。我说那可以撤了啊！F又倒了一杯，说，要不我们自己再喝一会儿？

我总觉得F不是怕在江湖，F怕的是没有江湖。

江湖到最后一定是寂寞的吧，那些陪F疯过闹过在半夜街头叫嚣过的兄弟们都隐去了。不日，在街头偶遇一手拖着妻，一手抱着儿的中年男人，斯文礼貌地笑笑问，你们F还好吧？！

关于“兄弟”这个概念的理解，我和F之间永远隔着鸿沟。有一次F对我苦口婆心地教育：拍拍我的肩说，知道《和为贵》么？所以我回去认真地学习了一下杜琪峰的《以和为贵》。那时候公司的宴会到尾声总是莫名地悲壮。酒精，眼泪，荷尔蒙。男生们都恨不得引刀歃血为盟。是的，我们的生活往往高于电影。

再两年，我回到公司。F的办公室人鱼贯而入，鱼贯而出。进门齐刷刷地一声：大哥！

女人

F在衡山路的酒吧里点播《Smoking in your eyes》的时候，还是很认真地一往情深的。F那时候有个甜妹妹的女朋友。

我们一群人为了打发无聊的假期去到邻近的小镇。暮色刚至，小镇已然只有枯树老鸦三两只。我们在清冷的小街上玩背女朋友竞赛。F扛起甜妹妹撒腿就跑，一路大呼小叫。但是甜妹妹是有脾气的，高兴时和不高兴时都很让人烦恼。F就俯着身哄，一边哄一边削苹果，但是转眼苹果就被扔出门。

这样几次三番，甜妹妹之后就不见了。但是F的一往情深终究还是要有地方去的。F在寒冬腊月在女孩子家门口等过天亮；F瞒着女孩子到机场送行在女孩身后发短信；F帮人追女孩子，沿墙根点了一房间的蜡烛。

F还是执着大眼睛姑娘，之后的女孩子像小兔子一样瞪着一双大眼睛，经常蹦跳着大长腿跑进我们公司，又蹦跳着拽着F离开。说话也像个兔子，骨落松脆的。兔子也应该和F经历过好一些事儿吧，后来愈发经常红着眼睛，更加像一只兔子。看着F也不复从前的波光流转，总是雾蒙蒙的。

不过之后F的一往情深渐渐地就成了纯技术性工种了。因为前赴后继一往情深的姑娘太多了。

在又一次酒酣耳热之后，有姑娘似乎下了决心要讨一个说法，死拉活拽地要谈出个黑白寅丑。F一下子说酩酊就酩酊了，酒店大堂里兜着圈子来回踉跄。姑娘又是气又是急。但是姑娘要是犟起来也是可以力拔山兮的，发起狠来就往电梯里拖。眼看着僵持不下，F发足狂奔，一头扎进外面的灌木丛里。第二天清晨，F出现，捞了捞身上灌木刮出的血痕，说，关键时候脑子一定要清爽。

再以后，F连怜香惜玉的心都不太费了。耳闻着那些笑话闲话，连个具名都没有。

我们这些见过曾走心的F，多少也是有些遗憾的。

一次在咖啡店，我们说了些工作的事。F忽然说，还是想找个能说话的。

我想了半天，好心地说，你还是找一个护士吧。

我有一个朋友（二）

我还有一个朋友孔孔。我是在同一天认识F和孔孔的。

所以到过年我也认识孔孔整整二十年了。

直到几年之后，我还在向孔孔投诉：你知道当年你有多苛刻，多Bossy么？是的，我那时候刚刚走出校园一猛子扎进职场绞肉机。孔孔让我打合同。第一遍，她说，喏喏，这里错别字，那里错别字，重打；第二遍，她说，喏喏，这里没对齐，那里换错行，重打；第三遍，她说，喏喏，这里标点错，那里大小写，重打。孔孔一遍遍说重打的时候，表情语气竟然没有任何分别。然后一遍又一遍，我在办公室打到半夜，越打越错，越打越错。

多年之后，我这样向孔孔投诉，她一边翘着兰花指吃蜜饯，一边说，“这不多亏了我培养。”然后顺手拿起一打部门小朋友的文档：“今天报价又被我捉出来错”。

不久我失恋了。我在办公室里一把鼻涕一把眼泪地扮怨妇。下了班，孔孔说我带你去溜冰吧。所以我就灰溜溜地跟着她去溜冰，一圈一圈，摔得鼻青脸肿。她伊时的男友暨后来的老公是著名的“腹黑补刀王”，特别真诚地送我一样礼物：一盒录满《心太软》的卡带。正面反面二十遍。

我们就这样成了闺蜜。

我们一起去郊游。两个人一条船，划着划着就没了方向。我说找不到回去的路了哦，她说，那就弃船啊。我一个跨步跳上岸，但是这样船就轻了，所以等孔孔一个健步的时候，她就，掉进了湖。我眼睁睁地看着她没了下去，一声沉闷的噗通，水花都没有溅起一个。一秒空白后，整个湖区都回荡着我声嘶力竭的呼救声。再然后，隐约听到有人叫我，定睛一看，孔孔在水面上安静地露着头，还掳了一把脸，“哎哎，侬好不要叫了伐？有空拉我一把好伐？”上来了以后，她裹着一身湿透的连衣裙，努力地蹬着脚踏车，后座坐着哼着小曲唱着山歌的我。

这个案例无比生动地脚注了我们俩二十来年的风雨同路：我永远大呼大叫，惊乍不定，喜怒无常；她永远风轻云淡，不愠不火，处之泰然；来自水星的巨蟹座和来自火星的射手座。

于我，再小的事也是大事，于她，再大的事也能化成小事。

我是经常要作天作地一番的，有时候在外受了欺负，遭了委屈。电话给她一打个把小时，她就听着，不语。总结顶多是：介小的事情，过了就继续干活哦。有时候我撂下摊子说走就走了，跑到丽江躲着说我不回来咯，她就听着，依然不语。末了说，玩的开心点，别忘了礼拜一回来开会哦。公司生意上的纠纷，有人来捣乱，我失心疯一样地叫不得了啦不得了啦，她回来，看看一房间的人，撇撇嘴：我们又不用管饭咯。也碰到过大的坎，我在深夜的高架上毫无目的地游荡，第二天再见被失踪一晚上的她，神情自若，一如平常。

我总是容易伤离别。我总是对人的有情有意寄寓不切实际的愿望。公司里人来人往，相聚离别几乎成了一种常态，而我总是对逝去耿耿于怀。有时候我们聊天，孔孔能够清清楚楚记得当年人当年事，她说着桩桩件件，似乎什么发生都有着必然。一如二十年来她看着我不停地恋爱，失恋，结婚，离婚，与她也是再合理不过的存在。我所有的不可承受之重，在她那里都是衣袖上掸一掸的dust。

我少时易轻狂，又往往心虚。所以非要和孔孔呆在一处，好像才有了底气，有一股子狐假虎威的味道。直到我们有了很大的办公室，明明是一人一间，我也要嚷嚷着，把墙打掉，打掉打掉。

孔孔酒量好。她得意地说自己对酒精免疫。这我是相信的，因为有一次我俩去西安出差。到了酒店无所事事，她咂巴了下嘴说嘴淡，没味道。然后就出门去买了瓶二锅头。

但是我还是见过她醉的。F在黑白江湖里多少也有失蹄的时候。一次要请人帮忙消灾，孔孔捋了捋袖子就去了。也不知道多少轮老白干下来，还得撑着场面，说着人情话。然后孔孔就被抬回来了，咫尺之遥的路，在饭店窗口就能看到办公室，竟然连扶墙的力气都没有。末了连出租车都不愿拉，用平板车拉了回去。

要说，她才算“洪兴十三妹”吧。

我出国读书了，孔孔假着送我的名义和我一起到了袋鼠国。但是几个礼拜后她毕竟要回国了，在她入关的时候，我嘴一撇就哭了起来。我在回去的火车上越哭越伤心，想到自己多少次离家也没有这么伤心过。

二十年太漫长了，漫长得我们几乎忘了大部分事情。这样的朝夕相处，也许我们都顾不上去记住，也从没有生怕过会忘记罢。

我和Gino（续）

再次回到阿德莱德是一年以后。回去之前我给Gino发了信息，我告诉Gino我刚回上海，这一年又去了很多地方，想是时候回去看看了。我还问Gino你还好吧？很快收到Gino的回复，他说他挺好的，他已经租了新的房子，Luci（Gino的儿子）有时候会过来看望他。还有，他还在弹吉他。“只是，”末了他说，“心脏有些不太舒服，可能这几天去医院做个检查”。

到阿德莱德已经是晚上了，城市没有多大的变化。夕阳还没完全落下，路上已不见几个行人。Rundle Mall的店家都下了门闸，中央市场还有零星几个摊点甩卖些尾货。Gino的手机还是没有接通，我留了言说：Gino，真高兴又可以见到你了。

第二天一早我被电话铃声惊醒。电话的那头是Silvana（Gino的妹妹）。她说Joy，我有一个消息告诉你。她的声音那么的轻，以至于我要不停地问，Silvana，你在说什么，我听不见，你在说什么？？

Gino在手术台上没有下来。

在赶往山区Silvana家的路上，我努力地回忆关于Gino的点滴。我和Gino在Chocalate No.5门口偶遇；Gino开车来接我去山上度周末；Gino带我去看他们几十年前刚到阿德莱德时住过的地方；Gino介绍我认识也热爱画画的Di和Ray；Gino会用松仁做好吃得不得了的意面酱汁……可是，一遍遍，在我脑海频频闪回的，还是戴着巴拿马帽的Gino红着双眼说："Joy，真的太伤心了。"

Silvana出门来迎接我，一把将我搂住摇了又摇："哦，Joy。"她没有哭，只是显得疲惫。屋里已经有几位客人，远朋近邻，四下轻声聊着。没有太多的悲伤，Silvana甚至还开起了玩笑，对着Gino常坐的沙发说，嗨，Gino，大家都来看你了。过了一会儿有人提议为Gino祈祷。大家便都站起来围成一圈，手拉着手。每个人或多或少地对Gino说了几句送行的话。没有什么生死大义，甚至听不出是生离死别。有如任何一个平常的午后：嗨，Gino，你看，今天天气也算不错，你好好地去罢。我一次次地想去揉一下鼻子，但是两只手都紧紧被握住，只好努力顶住上颚，不让自己的情绪肆意出来。

我在后院发现一个刻着"JOY"字样的陶罐，很欢喜地搬下来。Gino看了笑了说，JOY是世上最难和最难得的事。

午后Silvana说Joy我们去后面树林走走罢。之前我住在这里的时候也会经常在后面的树林散步。通常Gino和Silvana拉一些家常，我端着相机横着竖着地拍些凋零的树叶，林子里忽明忽暗的光影，还有他们偶然的回首。晚上我会给他们看我过去的，现在的这些照片。Silvana会说，Joy，多拍拍现在，和以后。我在后院发现一个刻着“Joy”字样的陶罐，很欢喜地拍下来。Gino看了笑笑说，Joy是世上最难和最难得的事。那些夏日极其漫长，午后从林中回来，我便会倒在Silvana桃红柳绿的软榻上沉沉睡去，梦境无比斑斓，一如Silvana的画作。

晚餐的时候Tizi和Luci都回来了，还有他们的男朋友女朋友。一家人，除了Gino，团团地坐着。一如任何一个平常的晚餐，大家把意面捞出来，Tizi和Silvana递给大家餐盘，然后把酱汁一圈递过来，最后一边评价着酱汁的咸淡，一边讨论着奶酪的质地，说Gino是做得怎样的一手好酱汁。Luci随口提了一句他们的母亲应该会从瑞士回来参加葬礼。短暂的沉默后Luci又兴高采烈地提出自己有关于葬礼的好主意。他说葬礼就开个小型的音乐会吧，Gino的朋友们大多会弹会唱。然后大家一起在原色的棺木上做彩绘，任何主题创作都可以。

大家热烈地讨论着，甚至都笑出了眼泪。Sock趴在我们的脚旁，时而惊醒抬头看一眼这些它不能明白的人类。

我知道Gino会很欢喜。我在葬礼派对的前一天就离开了阿德莱德。

我想起上一次离开阿德莱德的时候对Gino说，Gino你一定要等着，等到故事的结局。

这也是一种结局。

一个故事

有七八年的时间我为本地一家媒体撰稿，多是些第一人称的口述情感。这样写了几年，几乎把周遭的远朋近友写了个遍，有时候要把一些狗血的情节颠来倒去，揉碎了重拼了才不至于把人得罪完。写到后两年，都不禁要问，这么多或激烈，或惨痛，或心碎的过往，为什么还要执着记录它。再后来，我和这些曾经的故事主角一次次重逢，那些旧日早已了无痕迹。但是，他/她们看着你，有一刹那，我忽然明白，他/她们不是怕还记得，而是怕会忘记。

在辞去了北京的工作后我就和家里说我不能在这个大院里面消磨时间了，然后，我背了一个双肩包——里面是我所有的行囊，甚至没有多想一下，我就跳上了火车一路向东。在初来乍到的前三个月，我天天的日子就是早上出门，拿了一卡片机，一路大街小巷的行走，从镜头中打量这个和我家乡完全不同的城市。但那个时候，我一直觉得自己会是一个过客，从来没有想过自己的将来和这个城市会有任何关系。很快三个月转眼即逝，在我就快一文不名时，走进了一家设计公司。

Mark是我来到这个城市认识的第一个朋友。我和他在同一家设计公司里共事。除了电脑前，我们混迹最多的是台球房和公司对面的酒吧。有一阵子，我俩经常昏天黑地地加班，昏天黑地再继续去公司对面喝伏特加。两人一边喝酒，一边天南海北的神聊到天亮，梦想着我们的未来，那曾经是我和Mark互称兄弟的快乐日子。

Mark身边有不间断的女孩子。认识小莞是我到这个城市的第三个月。其实在之前我已经从Mark的嘴里不止一次地听说过这个名字，应该说是在一段时间里频率相当稳定的。一天，我和Mark说想找工作，总得为下一站赚点盘缠，Mark说，介绍小莞给你认识吧，她应该有办法。看到小莞的第一眼，和我之前的想像大相径庭，和Mark以往喜欢的女孩子不太一样，小莞没有标志性的长发，甚至不怎么小鸟伊人，穿着小军装，戴着帽子，很飒爽的样子。我们打了一声招呼，小莞就安静地在一旁看着我们打桌球。Mark说我想找份工作，小莞就点点头说好，还是很安静。我看到小莞提着一个很大的电脑包，傍晚时分，小莞说她要先走了，她要出差，直接去机场了。我愕然了一下，一是为了她陪了我们这么些时间，然后直接出差；二是她背着包好像随时随地就可以飞。Mark淡淡地说好，自己当心。我说Mark，你去送送吧。小莞马上说不用，转身就走了。在她转身出门的时候，我看到她看了一眼Mark的眼神，让我很久都不能忘记。应该说我对小莞的好奇心一下子就重了。我说Mark，小莞算不算你的女朋友呢，Mark沉默了一下说，应该是的，可是和小莞之间的关系就像一场拉锯战，“我总是觉得压力很大，有时候我宁愿她经常出差”，Mark说，“不像和其他的女孩子，我没有任何心理负担。”不知道为什么，我对Mark说，我觉得小莞是个好女孩，Mark说他知道。

不久之后发生的一件事情，却让我见识了小莞安静表面下的另一面。周末的一个晚上，我们照例在一个常去的酒吧泡着。Mark和两个酒吧的女孩子玩着骰子——很多时候我不能也不愿评判Mark的行为，他有着不愿受约束的一面，那是他的天性。可是突然，我看到了一个身影，站在门口，很安静地看着Mark，穿着风衣，风尘仆仆的样子，还有手里提着的电脑包。我跳了起来去叫Mark，我说小莞来了。也许Mark喝得太醉了，他招招手让小莞过来，挑衅地看着小莞说你看着我干什么？只是眨眼的功夫，就像很多电影里的那一幕，小莞端起杯子就将酒泼在了Mark的脸上。那一晚变得很长，

Mark喝得烂醉，一边吐一边说着他和小莞的种种，一边对着墙把手打得全是血。整个过程像极了正在热播的日剧，连我都不由自主地入戏。我冲动地跑到小莞面前，无比真诚地告诉她，“Mark说他一定要娶你”。小莞抬头看看我，笑了一下，嗯，她客气地笑了一下。之后从医院回来，整夜小莞坐在一边，冷冷地看着Mark，一言不发。

这一次的风波似乎预示着Mark和小莞之间的终结，但是，我的心里小莞的影子却频繁了起来。但是，这样的局面难免太复杂一些。尽管和Mark进入了僵局，小莞还是帮我联系了一些案子来做。有时侯小莞会来，我们之间的话很少，好像尽量不要提到那个名字，我可以清晰地感到她的沉默，眼神有时候就会飘忽出去。我很想劝她，说Mark就是这样的男孩子，我还想告诉她为什么不为自己多考虑些呢。可是我说不出口，尽管在我心里，我已经练习无数次，但是，每次张口就变成了另外一句话。终于有一天，这个局面被打破。我和小莞约了见面谈一个案子，临头小莞打电话来说她要晚了，家里的电断了，可能烧了保险丝，她说在等物业。我说还是我过来吧，这是我第一次到小莞家，很干净，温馨的小家，我刚说完小莞，你一个人住啊，就看到了床头Mark的照片，我们一下都沉默了。我看到小莞满是泪水的脸，小莞说，她在黑暗中等人的感觉很可怕，就像这么多日子来，每天晚上都在黑暗中睁着眼睛没法入睡，那种感觉很可怕。那天我陪小莞到很晚，听着她哭着说着直到累地睡过去。我离开的时候看着满脸泪水的小莞，心里想Mark也许真的错得很离谱。

我和小莞的关系开始微妙起来，但是我下不了决心和Mark开口，虽然他和小莞分开得义无返顾，但是我还是不能想当他知道了我和小莞在一起会有怎样的反应。不久，我的生日快到了，我决定趁大家在一起聚一下，我和Mark和盘托出我的秘密。尽管我对小莞说了无数次，她只有真正能面对Mark了，才会有新的开始。当看到Mark的时候，我还是轻易地就看到了小莞的异样。这让我更坚定了信心。也许是在这样的氛围中容易让人失控，小莞在喝了几轮酒后，唱着歌就失态起来，她一遍遍唱着《后来》，哭到泣不成声。但是，把她抱入怀中的却不是我，是Mark。我一下子很失望，所有打算对Mark说的话，都生生压了回去。Mark说他会送小莞回去，在我送他们上车的时候，我拉着小莞的手不想放开。Mark说不用担心他们，让我先回去，可是我怎么能不担心，我多希望对Mark说，我想和小莞在一起，而不是他。

在那以后好多天我们之间像是断了联系，我不知道发生了什么和即将发生什么，忽然的一天，我收到了一封快递，是小莞递来的一份报纸，然后小莞发了短信说看当中的C版吧。我翻到了那版，看到了小莞和Mark的故事，那曾经在我面前上演的一幕幕，白纸黑字，历历在目。就当我的心一点点沉下去的时候，我看到在故事的尾声小莞说，“她终于知道自己只是Mark成长过程中的一个过客，她是陪伴Mark走过的年少记忆。”末了，她说，“她会把记忆好好地储存起来，接下来的爱情，也许，是另一种不一样的值得……”刹那间，那短短的几个字，让我看到了即将到来的爱情。

我希望还是和Mark是最好的朋友，Mark听我说完我和小莞在一起之后，再也没有说任何一句话，和Mark说完的那一天我就搬出来和小莞在一起了。我知道，我的飘游的生活就到此为止了。如果说最大的遗憾，就是，Mark终究没有参加我们的婚礼。

关于棉婚的命题作文

临近年关。猪哼哼唧唧地说，马上棉婚了耶，侬不写篇东西。我说，哪天？

猪是看着我的博客成长的。见我写过前男友，写过前夫。这一脚偏是要轧的。会哭的孩子有奶吃，这是猪的衙门做派之一。

这是挺犯愁的。我写过的都是文艺青年，情（作）节（天）跌（作）宕（地），荡（寻）气（死）回（觅）肠（活）；到了猪这里，立马三刻脑补的是光明村和王家沙，逼格直落三千尺，散落一地烟火气。

《猪的85度灰》？？你看，显然调性是不对的。

对于怎么认识猪这件事情的官方版本我一度非常纠结。要论时间一直穿越回十七八年前，猪是我闺蜜的高中同学及Long long ago前男友。

（嗯，插播一下：我的前夫是我前男友的好兄弟，我的现夫是我好闺蜜的前男友。Please call me Drama Queen！）

闺蜜说，叫猪哥哥给你弄个驾照呗。偶屁颠屁颠地跑到建国西路，猪哥哥从灰色菲亚特里探出头，扔个我小本本。从此上海路上又多了个马路杀手——还是B照，直属。

伊时猪还是以猪哥哥的身份道貌岸然地出现的，竭力表现出一副不近女色的正人君子模样。猪的现实存在，就是MSN拉到底部那个永远灰着的头像。

某天闺蜜顺口一说，猪哥哥一个人滚到香港去了。我说，哦？噢！然后扭头继续谈我的恋爱。大家都忙着不是。

若干年后，我也一个人拖着行李滚出上海。你看，当你的生活告一段落，离开总是一个修行的必要途径。

这个阶段疑雾缭绕，猪总是得意洋洋说：侬拖着行李箱自投罗网。我不与其争。只是默默把MSN记录存好盘。作为一个法学概论99分的好同学知道物证的重要性。我们撇开目的论，猪在香港还是得体地表现了地主之谊：一会儿上文华的厅堂，一会儿下跑马地的厨房。充分执行了“得人先得胃”的策略。

我抹抹满嘴的油回到上海，S闺蜜问：如何？我说：衙门气重。——你看，吃人嘴短这件事对我是无效的。

对我来说，猪是如来五指峰的现实版，对猪以及猪所代表的生活的妥协，将是我对自己最大的当头一棒。在过去三十几年各种翻腾作打，不外乎是为了“我不要你们这样的生活”。末了，发现，还是没有逃过五指山。

我不甘心。

我扭头回了澳洲。猪回到上海吃了两个月的黄瓜玉米。去掉了30斤衙门里的啤酒肚，从猪进化成一头瘦肉型猪。后来猪他娘对我说：伊在作死呢。

自从猪进化出瘦肉型猪我的立场就不坚定起来。我本着严谨的调研态度和闺蜜作背景调查：闺蜜毫不犹豫地说，他总归神马～神马～都会的。

理想和现实总是很遥远的。

猪给我拍的任何一张照片都构图奇特，面目模糊。猪把快门，速度，白平衡各种参数卖弄一翻，说，是啊，我学的是拍尸体。

我说闺蜜说侬会摩托车的。猪没几天添置了一辆小白，歪歪扭扭地开出来，递给我30块钱的头盔，然后一路突突，半道，就熄了火。

有时候我在家琢磨书架上的小老虎，问猪：侬不会装了窃听器吧？猪说，看眼睛。

我忍了忍，终是没有问他喝Martini是shaken还是stirred。

闺蜜问哪个关键时刻让我完全倒戈。我认真想了想，噢，那天看到伊的制服照，立马就决定从了。颜控的女人简直是浅薄到没有救的。

之后没有任何光环。猪的所学所长全部体现在能开车，修车，洗车，养车，装灯泡，卸螺丝，拆家电，修水管，连网络，乘WiFi，下种子，搜shooter，外加买汰烧。你说，Colin Firth的The Kingsman也潜伏在萨维尔街的裁缝铺了不是。

最用牛刀的一次，就是寒冬腊月趴了三天用夜视相机逮住了一直毁我车的嫌疑犯。末了，是个路都走不稳的古稀老头，猪只好悻悻地把人放了。连只鸡都没杀成。

再然后，猪恬不知耻地把自己往呆萌宠全线发展。一天听到楼下快递小哥扯着脖子喊：猪宝，猪宝快递。猪欢快地应着“来啦”飞奔下去。之后，小区弄堂里“猪宝，熊宝”快递吆喝声此起彼伏。

我窃以为猪这是和衙门彻底地划清界限。

猪和我原本是两个世界里的生物。他圈养已久，偶放养经年；他按图索骥，偶天马行空；他八面玲珑，偶我行我素；他循规蹈矩，偶闲来生非。

我是他平庸生活的安非他命，他是我无序人生的苯巴比妥。

这样的咬合，原本是费劲的。我承认，猪是努力上机油的那个，比我努力，比我务实，比我目标驱动，比我有打持久战的恒心。

早上猪说，我们眼见是过不了金婚了，把当下日子过好吧，棉婚快乐。

我说，祸害遗千年。侬还是有希望的。

和自己作伴

闺蜜玛小姐一天忽然对我说，她很惶恐老的时候过一个人的日子。

然后看到朋友圈流传一个“一个人能够忍受第几级”的帖子。依次从一个人逛超市，一个人吃饭，一个人看电影，到一个人搬家，一个人做手术。

哦，原来一个人吃饭，一个人看电影是需要忍受的事情。我暗暗叹到。

原来大家把有人陪伴这件事情看得这样理所应当。这些被宠坏的孩子们。

我有一个生性喜爱热闹的爹。小时候家里经常高朋满座，大人在桌上推杯换盏，我们在桌下嬉笑打闹。酒毕，撤了桌宴，空出地盘，就成了舞会的中厅。《喀秋莎》《莫斯科郊外的晚上》，大人们裙裾列列的，总是拂过我的脸庞。不跳舞的日子也是各家串联着吃饭，一排左邻右舍今天你家包饺子，明天我家吃拉面。到了春节，又是负责各种联欢，游园灯会，父亲觉得沙漠里的日子已经单调得令人发指了，那只有自己拼了命也要往热闹里过的。

所以我也是一个生性喜闹的人。

我爱说话，高谈阔论。总是上一句没有完，下一句夺嘴而出。我的语言组织和大脑运程总是两条线，嘴里说着，大脑又已经千头万绪。小时候父亲喜欢卖弄自家闺女的口才，在家里的客人面前表演；参加学校的朗诵比赛；在大小节庆里做主持人。工作以后更是凭一张嘴吃饭，公司里头脑风暴我没完没了地说，去客户那里提案还是没完没了地说，我这么热爱说话，竟然还能靠说话养活自己，夫复何求呢？

我喜欢呼朋唤友，在家里吃吃喝喝。在我十几平米的蜗居里挤满过十几个人，团团盘腿在地上，塑料布一铺，各种黑暗料理吃得昏天黑地；之后搬到新居创纪录挤进过26个人，地上，窗台，连楼梯上都坐满了人。阳台上烧烤的烟火升腾起来，一碗碗黑洋酥汤团，黄芽菜肉丝年糕从头顶上递过来，一大群人横七竖八地聊成几个小群，又聊回到一个大群。

我总是觉得生活是应该美好成这样的，美好得似一场流动的盛宴。

然后这样的生活戛然而止。

我的思维变得无比缓慢，努力能够理清思路，处理一些

人的一生如此漫长，
和他人结伴有时，和自己结伴有时，
没有那么好，没有那么糟。

简单的信息就耗心耗力，那些承载电荷的神经一下子处处断路，所有的思维左冲右突，徒劳地寻找出路。所以，连带着失语，语言成了最可有可无的一种功能，反正，什么话到喉咙口，都是会生生咽回去的。最后，那些热闹就倏忽地不见了。人们徒劳地对着我比划着，叫嚷着，但是都远去了，面目模糊。

一个人说话的时候，空间被放到很大。以至于脱口而出，巨大的回声把自己吓一跳。哦，原来自己和自己说话会这么大声？有的时候还是会无意识地和“没有人”对话，话甫一出口，才醒悟并没有人。这样突兀的安静便充满了残酷的意味，不过，也并没有人看见。所以便慢慢习惯于这种自己对自己无意识的残酷。直到一天，这个声音温言软语起来，你开始心平气和地听她讲，听到道理处还贴心地附和一下。终究，过了和“没有人”这个阶段，发现，自己，唯有自己，是形影不离，不离不弃的伙伴。你说，或者听，或者懂，都永远在。

在具备了和自己说话的能力之后，一个人的生活也不太寂寞了。你从一个总在幕前的表演者，隐入了幕后成为了旁观者。这个世界于你忽然就不一样了，它色彩饱满，细节丰富，样式比例都区别于你以往的经验。你对所有的光影都分外迷恋，马路上的行人个个生动有趣，每分每秒都有一个情节。你的眼睛成了摄像机，忙不迭地摄入这些令你兴奋不已的好看的人，好看的事。你想用长镜头就用长镜头，想定格就定格，想回放就回放，在脑海里自由地把各种分镜头自由组合。你把不用说话的精气神都用在了“打野眼”（上海话：东张西望）上，左顾右盼，不亦乐乎。你不用将就行程，妥协喜好。想走就走，想停就停。你去自己喜欢的餐厅，约自己喜欢的朋友，看自己喜欢的片子，过自己喜欢的日子。你把生活画成格子，把吃饭睡觉看书写字电影旅行唱歌跳舞聊天会友一一填满。过一日，划一日。不惧孤单，不拒喜闹。

我曾经写过一篇《我们为什么要在一起》；一大段的钢琴Solo后，范晓萱百转千廻地唱：我说我说我们要在一起。Elizabeth Gilbert说，我们要在一起，是因为我们需要和他人分享所有“好的”和“坏的”事，物；我们害怕在生活“太好”或“太坏”的时候只有我们自己。一只被隔绝于世的小白鼠都会郁郁寡欢地死去；作为千百万年的群居哺乳动物，人类需要“在一起”，人类被“不在一起”逼得寻死觅活。但是啊，人的一生如此漫长，总会主动地，被动地和“你自己”在一起，无法选择，无法避免。

和他人作伴有时，和自己作伴有时。没有那么好，没有那么糟。

我要给存起这一段我们"对峙"
她并不美好，但是她实实在在地存在，
我和她如此僵硬地度过这一段日子。
也只有她可以证明，证明我是怎样地努力过。

抑郁成灾（一）

下午14：08，走在大街上，又开始犯病了。没有办法，还是一摸一样，没有任何先兆，倏忽地就来了。这么半年以来，我已经有了对付它的一套方法：比如说，快则10分钟左右，慢则半个小时。它自然会慢慢地褪去，只是这段时间中间，我需要提起十二分的精神来对付它：

总是从呼吸不太均匀开始的。急促起来，就需要张开嘴帮助呼吸；鼻梁开始有负重的感觉，有些酸；然后喉咙口就有阻塞的感觉，类似气体的东西顶着上颚，可能是呼吸都从口腔进出的原因，这让吞咽也有些困难；头随即开始旋晕，不知道是由于呼吸不畅导致大脑缺氧，还是脑部神经信息传递被阻的关系，头的上半部分迅速地加重起来；这样压迫得视神经都有些偏差，面前的物体总是清晰一会儿，模糊一会儿；胸口开始发堵，这让全身的肌肉收紧，身子就自然地佝偻起来，因为这样会缓解一点胸口的压迫感。这时候行动需要缓慢一点，慢慢地走，慢慢地转动脑袋，因为整个大脑皮层有一种麻麻的感觉，类似像有一种微电流一下一下地电击着大脑。为了减轻喉咙口越来越重的压迫感，会不由自主地发出“嘶嘶”的声音。我的手插在裤子口袋里，掐住大腿的肉，开始计时：会好的，会过去的。我心里一遍遍地安慰自己。我知道这个样子走在大街上是有些奇怪，我尽量贴着墙边走，不太惹人注意。“走在大街上”是必须的，这会帮助症状消失得快一点。如果是在室内的环境下，再如果是躺在床上，这个过程不可避免地要再加长一个多小时。有时候我就点一支烟，烟可以帮助呼吸顺畅一些，同时可以帮助掩盖一些异常的表现，比如发抖的手，比如僵硬的关节。

自从生病以来，我的生理及身体发生了许多有趣的变化，让我猝不及防：

1.头颈部的脊椎变的僵硬，行动变的缓慢；

2.脸部神经性的发痒——就像脸上一直被碎头发拂着的感觉，需要一遍遍地用手抹脸；

3.有时候是抹眼睛，手抹着抹着，胳膊会奇怪地折起来用手背一下一下地抹脸；

4.习惯低着头走路，整个身体呈拖沓的坠落感。警觉，但目光迟缓；

5.下意识地重复一个动作：比如用手摩擦大腿，比如紧紧地抱着胸前后摇晃；

6.开始自言自语。除了为了缓解喉咙口的难受会发出嘶嘶的声音，会不自觉地发出一个音节类似喇嘛的鼻音，冗长，保持一个平调。

7.哭声越来越难听，总是一开始就沙哑，是一种直接从胸腔发出的声音，但是嘴会张得很大，哭声却沉闷厚重。总是哭到最后，站起来头晕目眩，气若游丝。

8.泪腺极其发达，是无时不刻地流，但是自己完全没有意识，甚至完全没有在难过的模式；有时候聊着天，对方忍无可忍地说，你不要这样，不要再哭了。自己讶然地摸摸脸，我在哭么？

自从M医生给我开了药以后，我知道自己的抑郁症不算轻，但是我搞不清楚，是否任何一个抑郁症患者都有如此清晰的两重人格？以及，这样一边对抗抑郁症所带来身心的折磨，一边还具备跳在旁边进行自我审视的能力？

下午14：08，当我从陕西路转到长乐路上，我的“病”犹如潮涌一般，又一遍遍地冲击上来。我清晰地感到全身的汗密密地沁出来，周边所有的噪音忽远忽近；我感到自己就像被包在一个直径3米左右的透明球体内，呼吸困难，四肢瘫软。我靠在加油站门口的那个电话厅喘息了一会儿，在玻璃镜面中看到自己近乎有点狰狞的脸，我从牛仔短裤里面掏出我的诺基亚，对着自己的脸拍了一张照片。不出意外的脸有些扭曲。这一分钟，我曾经有过的念头变得格外清晰起来：我要留存起来这一段我的“生命”，她不美好，但是她现在实实在在的存在。不管以后我会怎样：也许我会痊愈，也许不会痊愈。但是，她是存在过的，我和她如影随形地度过这一段日子，我不讨厌她，至少这一段日子只有“她”是对我不离不弃的，也只有“她”可以证明，证明我努力过，努力地自己救过自己！

抑郁成灾（二）

我已经到这个法语学校两个多星期了。从开始生病的那天开始，我就处在一种“慌不择路”的状态中，像一只被扔在大街上的老鼠。街上车水马龙，所有的环境音都忽然分贝放大了几倍。我惶惶不可终日地在大街上游荡，有时走路，有时开车，随机地在路上小声抽泣或在车里号啕大哭。我机警地看着手机，看着一通通垃圾电话响起来，我接起来，沉痛地说：机主已过世。我坐在车里，车厢里很安全，然后车窗外人来人往。这可能是我可以选择的最好的安置自己的方法，在一个属于自己的密闭的空间中，然后，隔着玻璃窗，外面熙熙攘攘，人来人往，让自己知道还在人间。

我需要一个“有人”的环境。我忽然发现，我需要去对抗的最大敌人是心里的恐惧，我被一阵阵巨大的恐惧感包围着。由心里溢出来，到达骨髓里，不寒而栗！由于失眠，每一天每一夜每一分每一秒被无限地拉长。每一个日夜，于我而言，都变成了一个非常具体的对象，一个完全拟人化的角色，需要去对付他们，是的，这是一个人和“日子”的对抗！

白天我不敢一个人呆在房间里。我像一只困兽一般在屋里东突西撞后，寂静像巨兽一般掐住我的喉咙，我几乎是连滚带爬地逃出门外。冬季的阳光白茫茫的，冷冽冽的，让人有点头晕目眩。我茫无目的地游荡了一会儿。穿街走巷的，努力让自己失去方向感，因为，还有这么长的世间要去消耗，没有办法去想“接下来去哪里？”一路走着，有些路很长，于是很高兴，就大脑一片空白地走下去；有些路走着走着就到头了，这也好，大脑可以动一下，选择往左还是往右？路上人少的时候我会呆立一会儿，看看天，很高很蓝。只是这样走着需要不时地防备某些突袭者：那些愤怒，那些悲伤无时无刻地试图钻进来。我知道它们防不胜防，刚开始我一不小心就被它们得逞了，只要找到了一个空子，它们就大肆地挥军而入，片刻间就攻城拔寨，我立马就溃不成军。如此这般，几个回合，我渐渐地学乖了，每每当那个苗头有起来的迹象，我就开始深呼吸，然后选择一个目标对象，反复对自己大声念诵，密密地把持住大脑的意识闸口，不让他们破门而入。有一阵我开始给自己起很多好听有趣的名字，表达了对自己的无比疼爱和信心，每每硝烟一起，我就对那个自己开始甜言蜜语，煽风点火，鼓励她单枪匹马地迎头而上，而且战必果，战必胜。不过，再多的方法总是避免不了边际效益递减，初时奏效，久时了了。于是，又需要去绞尽脑汁地另觅他法。

夜晚是一个巨大的魔鬼，很容易把人吞噬。原本不想用这个过度矫情的比喻。但是，只有经历过这种恐惧，才知道这个魔鬼这么具体，这么真实地存在。开始的那个月，我总是生生地看着太阳隐去。如果是在外面，我就会没命地往家赶，暮光的渐渐西沉简直就成了夺命魂索。通常我在车里就碎碎念：快点快点，到家就好了，到家就好了。奔到家门口，反身锁上门的那个刹那，就像800米最后冲刺，心中狂跳不止。家里自然一定要有人，若是锁了门定睛发现屋里一片漆黑，那简直无异于从阴曹到地府，不知道要反身出去还是留下，总之门里门外皆是地狱。所以，是一定会打电话回去确认家中有人的，否则，不如关在车里，把音量放到最大。第一个月的失眠是最不堪回首的，刻骨铭心地体会漫无边际的长夜。

我不敢睡里屋，因为整个晚上我需要光和声音。我在T闺蜜家的沙发上睡了一个月，沙发有助于我可以在限定的面积中把自己裹得最紧。电视在这个时候就像是天使，因为，对我而言，它不再是一个——冰冷的机器，它面对面地看着你，它的影像填充了整晚的黑暗；它的声音：哪怕是深夜的直销广告，都显得那么温情，只有它无原则地陪着你。如果刚好有可以追着看的连续剧，那你对它的感情几乎是像痴恋一样，整个白天都坐立不安，最美好的时间就是捱到晚上，然后等那个熟悉的片头开始，心中所有的波折都被妥贴地熨烫了；片尾曲一起，又绝望了，喃喃地对着它说，不要走，不要走。早上三四点的时候倦意会袭来，但是大脑还是高度地运转着，只要一闭上眼睛，就生怕被“偷袭”。整个晚上努力地“意识转移”可能就功亏一篑。只有到精疲力竭的时候，完全没有意识地闭上眼睛那是最大的造化！

通常这样的时间最多维持2个小时，整整几个月来，几乎一定是在清晨5点左右毫无例外地惊醒，被恐惧惊醒。没有任何原因，没有任何征兆。伴随而至的就是胸口的疼痛。我不知道是否可以用比较准确的词汇描述这种感受，它是持久的，可感知的，在胸口正中间，持续地搅磨的一种过程。但是它和外部击打的疼不一样，是从内发出的，缓慢地搅磨。我会被疼得出汗，并且会疼得呻吟，如果仰面躺着便不能呼吸，只有俯卧着，用枕头抵着。但是这往往不奏效，我最后总是不得不整个身子蜷缩起来，用膝盖牢牢地顶着胸口，然后逼着自己均匀地呼吸。严重的时候我不停地用拳头一下下地击打胸口或者用指甲掐着胸口，完全没有尊严地求它：求你快点过去，求你快点过去。这个过程总是以我满头大汗，目光涣散告终。以至于在那段时间，我每次在早上5点睁开眼睛的时候，总是末日一般的绝望。

是的，惊恐，我从来没有如此真切地体会过这个词语所代表的完全纯生理上的反应。在家里的那几天，清晨一惊醒就感到发自内心的惊恐，睁着眼睛辗转着，簌簌地发抖。母亲会跑过来，和衣抱着我，拍着我说不怕不怕，我把头埋在被子里，一会儿又伸出来，牢牢地箍着妈妈的胳膊，渐渐睡去；但只要她一翻身我就会立刻双眼圆睁，警觉地看着她。有两次，我大意地睡了过去，醒来的时候屋里空无一人，房间里回荡着我绝望的嚎叫声，就像被从88层的高楼扔了下去，不停地坠落坠落，我的双手在空中胡乱地抓着，希望哪怕是捞到一根救命稻草。然后我开始慌作一团地打任何一个我可以打的电话。通常母亲接了电话说好的好的马上就回来，我就再挂断电话之后立马拨打通另外一个电话，然后求他们在电话里陪我一会儿。在等母亲回来的几十分钟里，我跪在床上，膝盖顶着胸口，将被子从头包裹住自己，目光专注地盯着门，等着门外的风吹草动，看到门锁转动，我便筋疲力尽，瘫倒在床。

几个月后的一天，我又在清晨毫无预兆地睁开眼睛。忽然，厚厚的窗帘缝隙中刺进一道光，猝不及防。我用手挡住眼睛，又悄悄从指缝中试探着迎向光。渐渐地，我看清了它，它在我背后墙面上投下猛烈的影子，在空气中形成的光柱中，无数小精灵在狂舞。

哦，今天，已经是5年后的今天了。

我说。

2009年的一天

一缕晨光从厚厚的窗帘缝中透进来

我从指缝中迎着光，对自己说

记住

今天，已经是5年后的今天了

图书在版编目(CIP)数据

那些事·情/钟宝著.—上海:上海三联书店,2016.4
ISBN 978-7-5426-5509-7

Ⅰ.①那… Ⅱ.①钟… Ⅲ.①随笔—作品集—中国—当代 Ⅳ.①I267.1

中国版本图书馆CIP数据核字(2016)第038989号

那些事·情

著　　者/钟　宝

责任编辑/陈启甸
装帧设计/朱静蔚
监　　制/李　敏
责任校对/徐　峰
封面题字/韩　强
内文摄影/钟　宝

出版发行/上海三联书店
(201199)中国上海市都市路4855号2座10楼
网　　址/www.sjpc1932.com
邮购电话/22895559
印　　刷/上海惠敦印务科技有限公司

版　　次/2016年4月第1版
印　　次/2016年4月第1次印刷
开　　本/787×1092 1/32
字　　数/80千字
印　　张/8.125
书　　号/ISBN 978-7-5426-5509-7/I·1113
定　　价/35.00元

敬启读者,如发现本书有印装质量问题,请与印刷厂联系 021-56475597